단여장

사계절

작가의 말

나의 열네 살은 기대와 흥분으로 가득했던 것으로 기억한다.

더는 어리지 않다는 만족감과 앞으로 치를 일들에 대한 막연한 두려움 속에서도 열네 살이 되면 그냥 모두 고치에서 쑥 빠져나와 나비가 되는 줄로만 알았다. 모두 그렇게 저절로 성숙하는 줄 알았다.

물론 고치에서 쑥 빠져나온 친구들도 있었다. 그러기 위해 그 애들이 얼마나 지난한 시간을 거쳤는지는 살필 생각도 못하고 나 혼자 고치에 머무르다 낙오자가 된 것 같아 시름하고 고민하면서 사춘기를 보냈다. 그 시절 나는 세상이 공평치 않다는 푸념을 하느라 나한테 주어진 시간이 고여 있지 않음을 알아차릴 여유가 없었다. 지금은 그 때보다 꽤 많은 것을 갖게 되었는데도 여전히 나한테는 푸념이 먼저다.

누군가에게 괜찮은 사람으로 보이고 싶어 안달이 났던 적도 있다. 어려운 책을 들고 다니고, 뜻도 모르는 시를 줄줄 외우고, 지루해서 죽을 것 같은 클래식 음악을 억지로 듣고, 심지어 미술관에 가서도 그림보다는 제목부터 살펴보고는 거꾸로 그림을 이해하려던 시절, 참을성으로는 나 스스로 대견해할 만큼 억지스런 시간도 거쳤다는 것을 솔직히 인정한다.

그러나 그 때보다 훨씬 많은 시간이 지난 지금도 여전히 나는 다른 사람들 눈에 괜찮은 사람으로 보이고 싶다. 다행히 예전처럼 의욕도 많지 않고 머리도 돌아가지 않아, 아직 남들이 눈치채지 못하고 있을 뿐이다.

하지만 정작 힘든 건 누구에게도 말할 수 없었던 경험들이다. 다른 사람들은 자연스레 맞이하는 일들도 내게는 거저 주어지는 게 없었다. 처음부터 끝까지 학습하고 예습에 복습까지 하면서 나를 남들과 같아 보이게 하는 '전형'과 '평균'으로 몰아갔다. 혹독한 과정 끝에 내가 얻은 건, 평균이 아니라 남들 눈에 평균치로 보이게 하는 연기력이었다.

지금은 그 때보다 훨씬 많은 시간이 지났지만 내 연기력은 그다지 나아지지 않았다는 사실에 가끔 우울하다.

문득 내 손으로 세상에 내보낸 열세 살들이 어디쯤 머물고 있을지 궁금하다. 적어도 그들은 나처럼 서툴고 갈팡질팡 우왕좌왕하지 않기를 바란다. 더불어 막연하게나마 나를 옥죄던 열세 살의 매듭도 하나씩 풀리지 않을까……. 어느 순간 정면 승부보다는 우회가 더 쓸모 있다는 건, 공평치 않은 세상에서 내가 할 수 있는 가장 그럴듯한 변명이다.

세상이 달라지고 있다. 내 열네 살이 머물던 공간에 인터넷이 들어오고 휴대전화가 주어졌으며 아이들의 목소리는 예전에 비해 훨씬 공고하고 생생해졌다. 그러므로 그들이 겪는 경험치도 내 열네 살과는 견줄 수 없을 정도로 다양할 것이다.

나는 그 다양함보다는 어떤 공통분모를 찾고 싶었다. 어쩌면 변명 같은 공통분모는 아직 다 자라지 못한 소통을 향한 내 열망 같은 것인지도 모르겠다. 외로워서…….

무엇보다 열네 살 이야기를 쓰는 데에는 혜승이, 혜상이 도움이 컸다. 학교에서 일어나는 일들, 간혹 감 잡지 못한 그 세상을 어른의 눈이 아닌 그들의 눈으로 이해하게 하는 데 혁혁한 공을 세웠다. 물론 마지막 수정 원고는 끝내 안 읽어 줬지만.

예전보다 훨씬 나아진 게 많은 줄 알았는데, 따져 보니 꼭 그런 것만도 아니다. 아직도 날개 펄럭이는 나비가 되고 싶고, 괜찮은 사람으로 보이고 싶으면서…… 여전히 세상이 두렵다.

엄청 비싼 수업료를 치르고 고작 그걸 인정하게 되었느냐고 묻는다면 할 말이 없다. 그보다는 앞으로 치르게 될 수업료 역시 만만치 않다는 게 더 억울하고 괴로울 뿐이다.

결국 이게 나다.

2008. 6

최나미

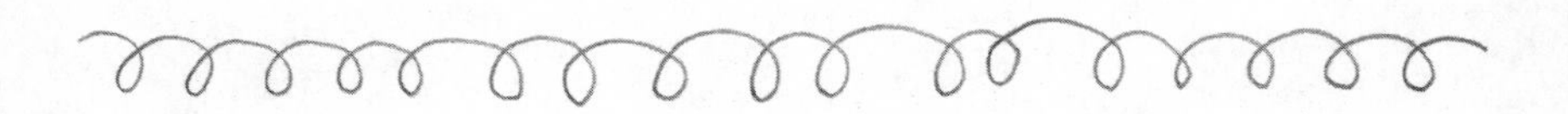

차례

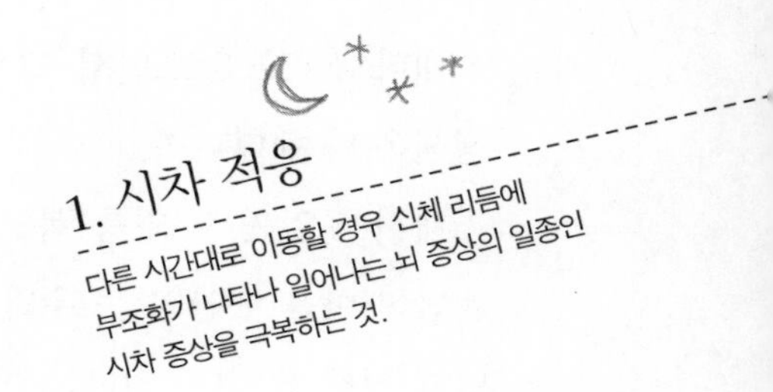

끼이익.

현관문이 둔탁한 소리를 내며 열렸다. 발을 내딛기도 전에 쌩한 바람이 위협적으로 쳐들어왔다. 3월인데 어쩌자고 이렇게 추운 건지. 라디오에서는 이미 한 달 전부터 지겹도록 봄 타령이었는데, 3월하고도 2일에 내가 느끼는 체감 온도는 말 그대로 바닥이다.

"진짜 안 가도 되는 거지?"

문 여는 소리를 듣고 엄마가 목청을 돋웠다.

"아예 잊어 줘."

"고맙다, 우령. 오늘 진짜 바쁜 날이거든. 교복 잘 어울려. 오늘, 잘하고 와!"

내다보지도 않으면서 교복이 잘 어울린다니. 하여튼 말로 생색은 다 낸다니까.

새시가 없는 우리 층 복도는 말 그대로 시베리아 벌판이다. 유난히 마음이 안 맞는 우리 층 아줌마들은 새시 값을 놓고 삼 년째 전쟁 중이다. 엄마는 어느 집에 도둑이 들어야 우리 층에 평화도 오고 새시도 달 수 있을 거라는데, 이 낡은 임대 아파트를 털러 올 정신 나간 도둑이 있을라고. 그나저나 엄마 말대로 두꺼운 스타킹을 신을걸. 겨우 복도만 지나쳤는데도 내 종아리는 얼다 못해 감각이 없다.

아파트 일층 현관 유리창 앞. 교복 입은 내 태를 잠시 점검해야 할 시간이다. 허리를 쭉 펴고 가슴도 한껏 내밀며 나를 비춰 본다. 하얀 블라우스, 푸른색 재킷에 푸른색 치마, 까만 스타킹과 맨질맨질한 구두까지, 집에서 거울로 볼 때와 사뭇 다른 모습이 만족스럽다.

이거거든. 진우령, 이제 넌 누가 뭐래도 대한민국 교육부가 인정하는 청소년이야. 더는 어린이가 아니라고. 우히히, 신나라.

"아이고, 우령이 교복 입은 걸 보니, 이제 애가 아니라 처녀네."

옆집 진경 언니네 엄마가 현관으로 들어서며 말했다. 개다리 춤이라도 추다 들킨 것처럼 머쓱해져서 아줌마한테 까딱 목례만 하고 서둘러 현관을 나섰다. 다리에 힘을 팍팍 주면서.

아줌마를 지나치는데 새까만 장갑에서 큼큼한 냄새가 풍겼다. 쓰레기 분리수거 당번인 모양이었다.

"조심해라이, 그러다가 다리 꺾이겠다."

찬바람에 내 몸은 오그라들어도 겨우내 잘 버틴 나무에서는 살짝살짝 봄기운이 움트고 있었다. 할 수만 있다면 이 달달하고 말랑말랑한 기운을 나한테로 옮겨 심고 싶다.

골목을 벗어나 버스 정류장으로 가는 큰길에 이르자 전국적으로 공인된 입학식 날이라는 말이 실감났다. 집 근처에 중고등학교가 여러 개다 보니, 눈에 띄는 교복도 가지가지다. 알 만한 얼굴이 지나가도 다른 교복을 입고 있으면 어쩐지 아는 척하기가 주저될 정도로 세상이 달라진 느낌이다.

그렇지, 그러니까 교복만으로도 구분되는 세상에 내가 속해 있다는 거지? 그것도 멋져. 그런데 교복 입은 쟤들 모습은 왜 저렇게 어설프고 촌스러운 거지? 설마 쟤들 눈에 비친 내 모습도? 아닐 거야, 아니어야만 해!

버스 한 대가 서자 교복을 입은 남자아이들 한 떼가 우르르 몰려 탔다. 맨 마지막에 서 있던 까까머리 남자애가 내 쪽을 돌아보며 피식 웃더니 버스에 올랐다. 6학년 때 같은 반이었던 윤재준이다.

버스 안에서 나를 내려다보고 있을지 모른다는 생각을 하면서도 나는 바로 쳐다보기가 뭐했다. 한 달 전만 해도 같은 교실에서 치고받고 싸우던 사이였는데, 내 교복이 조화를 부리나? 영 어색하고 당황스럽기만 하다.

사실 정신 연령으로 치자면, 재준이 같은 날탕은 내 상대가 될 수도 없었다. 단지 신의 질투로 빚어진 내 인생 최대의 약점, 그러니까 발육 부진으로 인한 오종종한 키가 남들한테 얕잡아 보이기 딱 좋다는 게 문제라면 문제인 거지.

그러나 조목조목 따져 보면 나도 그다지 최악은 아니다. 우선 어젯밤부터 시작한 체조. 아직도 뻐근한 허벅지의 감각으로 봐서 분명 부실한 내 다리가 길고 가늘어지는 데 결정적 역할을 할 거라는 믿음이 생긴다. 그리고 징 박힌 훌라후프는 여름 방학쯤 되면 내 허리에 확실한 에스라인을 심어 줄 것이고.

교문 앞에 다다르자 발랄한 푸른색 물결이 학교 안으로 밀려 들어가고 있었다. 나도 그중 하나라는 소속감에, 떠밀려 가면서도 행복했다. 교문 안쪽에서 펄럭이는 현수막을 바라보며 신입생을 환영하는 문구를 하나씩 끊어 읽어 보았다.

"은란여자중학교에 온 여러분을 환영합니다."

임시 소집일에 모였을 때 우리 학교 졸업생 가운데 은란여중으로 배정받은 아이들 수가 가장 적다는 말에 나는 쾌재를 불렀었다. 몰려다니던 아이들과 헤어진 건 섭섭했지만, 그 섭섭함이 변화에 대한 기대감을 압도할 수는 없었다. 더구나 지나온 내 역사와 정체를 모르는 사람들을 새로이 만난다는 사실에 은근히 흥분되기도 했다.

"인생이란 어차피 혼자인 거야. 그래서 인연이라는 게 더 의미 있는 거고. 이제 새 세상에서 너의 신비로운 이미지를 또다시 창조하는 거지."

친한 친구들과 떨어지게 되었다는 말을 듣고 진경 언니가 내게 그랬었다. 고등학교 1학년을 다니다가 그만두고 집에서 철학 책만 들이파는 언니는 사람 말을 늘 자기 식으로 해석하고 해법까지 들이민다. 내가 언제 섭섭하다고 했나? 인생이나 인연에 대해서는 잘 몰라도, 나 역시 솔직히 신비로운 이미지 생각을 안 해 본 건 아니다. 무엇보다 나더러 우렁이, 지렁이 하며 유치하게 싸움 거는 남자애들은 없을 것이고, 말 많고 탈 많아 신경 쓰이던 몇몇 여자애들과 같은 학교가 아니라는 점만으로도 자유를 얻은 기분이었다.

진경 언니는 중학교 시절이야말로 인생의 꽃이라고 했다. 특히 은란여중의 흐드러진 등나무 아래에서 보낸 그 아뜩하고 행복하던 기억 때문에 자기가 입시 위주의 고등학교 생활에 적응하지 못한 거라고. 그럴 때면 아줌마가 눈을 희번덕대며 빗자루를 찾아도 언니는 언제나 진지했다.

어제는 새벽이 되도록 잠을 이루지 못했다. 스스로 유치하다고 느끼면서도 교복 입고 벗기를 몇 번, 만지기만 해도 지문이 남을 것처럼 맨질맨질한 구두도 방문 앞에 고이 모셔 두었다. 마음에 걸리는 거라고는 단 하나, 방학 때 짧게 자른 머리가 아직도 자라지 않아 교복과 어울리지 않는다는 것뿐이었다. 졸업식 날, 내 머리를 보고 기함할 것 같던 아이들의 표정이라니. 다른 애들은 이미 가을부터 중학교를 염두에 두고 머리를 길렀다는 사실을 나만 몰랐었다.

"우린 이 머리도 짧아서 가발이라도 구해야 한다고 난리인데, 그 길지도 않은 머리를 그새를 못 참고 싹둑 잘라 버리냐? 도대체 진우령의 배짱을 어떻게 해석해야 하냐고!"

희수가 한심하다는 듯이 내게 했던 말이다.

"얘기를 좀 해 주지. 그 생각은 못했잖아!"

무슨 생각으로 머리를 싹둑 잘랐을까, 기억을 더듬어 봐도 답이 나오지 않았다. 내 속에 중학생이 된다는 기대감은 그것대로, 초등학교 6학년이 끝나지 않을 것 같은 느낌은 또 그것대로 있었던 건 아닐까?

어쨌든 내 짧은 머리와 상관없이 나는 우아한 교복을 입고 은란여중 교문을 막 통과했다. 인생의 꽃이라는 중학교 3년 동안 나는 뭘 하게 될까? 무엇보다 영혼의 단짝 하나쯤은 만나야 할 것이고, 깜찍한 연애 사건도 꼭 한 번 저질러 주위 사람들을 깜짝 놀라게 해야 할 텐데……. 흐흐흐.

"은란여중에서라면 무엇이든 가능하지. 거긴 인간의 영혼이 내신이나 고교 입시보다 훨씬 중요하다는 걸 아는 유일한 학교니까."

중학교 선배라고 해서 진경 언니 말을 다 믿는 건 아니지만, 엄마들이 싫어하는 학교라고 소문난 걸 보면 분명히 뭐가 다르긴 한 모양이다.

우히히, 어쨌든 너무 좋아서 입이 안 다물어진다. 오늘은 여기까지만. 진우령, 너무 오버하지 말자고.

강당 안은 이미 도착한 아이들로 북적거렸다. 낯익은 아이들이 별로 없는 걸로 봐서 반 배정도 아주 성공적인 듯싶다…… 고 생각할 즈음에,

"우렁이, 너도 6반이지?"

하는 반갑지 않은 목소리가 내 귀를 때렸다.

"나, 기억 안 나? 4학년 때…… 신열매!"

신. 열. 매? 한시도 입 다물고 있는 적이 없던, 요란한 주책바가지 신열매?

"으응, 반갑다. 너, 너도 6반?"

떨떠름하게 내가 손을 내밀자 열매는 기다렸다는 듯 힘차게 잡고 흔들었다. 내 머릿속이 어질어질할 정도로.

"야, 멀리서 봐도 우렁각시 대번에 알아보겠더라. 4학년 때나 지금이나, 교복을 입으나 안 입으나, 네 키는 어쩌자고 아직도 포복 수준인 거니! 게다가 그 머리는 뭐야! 혹시 입학식 첫날부터 사회에 불만 있다고 선전 포고하는 거야?"

떠들썩한 강당 안에서도 열매 목소리는 어찌나 카랑카랑한지, 주위 아이들이 흘끔거리며 키득댔다. 장밋빛 기대감을 주체하지 못하고 있던 내 인생에 짧고도 굵직한 그늘 덩어리가 비집고 들어오는 순간이었다.

"너도 그다지 달라진 것 같지 않은데……."

나는 키들대는 아이들 눈을 의식하며 열매에게 퉁을 놓았다.

"아, 내 인생이 험난했다는 걸 우령이 넌 한눈에 알아보는구나. 내가 뭘 그리 엄청난 걸 바랐다고. 단지 키 163센티미터에 몸무게 47킬로그램, 이 소박한 바람을 하늘은 왜 외면하냐는 거지."

163센티미터가 되려면 10센티미터 이상은 더 커야 할 것 같고, 체중은 이미 55킬로그램도 너끈히 넘겠다 싶은데 소박한 바람이라니. 그나저나 이 순간 열매 눈에 띄었으니, 이러다 엮이면 일년 내내 벗어날 수 없을 텐데……. 어쩐지 불길했다.

"입학식부터 아는 사람 없어서 홀로 고독하게 있을 줄 알았는데, 진짜 다행이다. 우리 4학년 때 엄청 친했는데. 생각나지? 널 못살게 구는 애들 내가 다 손봐 줬잖아. 참, 일찍 와서 알아볼 거 다 알아봤는데, 우리 반에 우리 학교에서 온 애는 너랑 나, 달랑 둘뿐이더라고. 그것도 뭔가 따스한 신의 계시처럼 느껴지지 않니? 만약에 하나가 더 있었다고 쳐 봐, 내가 둘 책임지기는 좀 벅차잖아?"

따스한 신의 계시라니, 나한테는 신이 내린 가장 가혹한 십자가처럼 느껴지는데…….

"좋았어, 앞으로 우령각시의 일년, 내가 접수한다. 넌 횡재한 거야. 내 덕에 일년을 거저 사는 거나 마찬가지일 테니까."

종알종알, 주절주절, 열매의 입은 모터라도 달린 것처럼 잠시도 쉬지 않았다. 입학식이라도 얼른 시작할 것이지……. 은란여중에서 맞는 첫날 새 아침, 1학년 6반 팻말 앞에 모인 아이들은 163센티미터가 되려면 멀고도 먼 우리 둘을 신기한 동물이라도 대하는 것처럼 내려다보고 있었다.

으아악!

중학교 입학식 날만 해도 나는 세상 사람들을 은란여중에 입학하게 된 운 좋은 사람들과 그렇지 않은 사람들로 나누었다. 그러나 딱 이 주 만에 세상을 바라보는 나의 눈은 바뀌고 말았다. 열매와 같은 반이 되지 않은 운 좋은 사람들과 그렇지 않은 사람들로. 아니, 열매를 놓고 보자면 세상 사람들을 나누는 방법은 얼마든지 댈 수 있다. 급식에 목숨 거는 사람과 그렇지 않은 사람, 남의 말을 끝까지 듣는 법이 없는 사람과 그렇지 않은 사람, 얼굴이 두꺼운 사람과 그렇지 않은 사람, 심지어 객관적으로 도저히 낙천적일 수 없는 외모를 주관적으로 엄청 예쁘다고 우기는 사람과 그렇지 않은 사람…….

예감한 대로 열매와 한 반이 되어서 생긴 피해는 한두 가지로 요약할 수 없을 정도로 많았다. 나는 처음 접하는 중학교라는 신세계에 대해 알면 아는 대로 모르면 모르는 대로 하나에서부터 열까지 다 경험해 보고 싶었다. 그러나 열매는 타고난 정보력과 오지랖으로 내 기대를 여지없이 무너뜨렸다. 어떤 경로로 알았는지, 과목마다 들어오는 선생님들의 신상 명세는 물론 지금부터 3년 전의 상황까지 찾아내어 낱낱이 폭로하는 게 열매의 주된 과제였다. 그뿐만이 아니었다. 우리 반 아이들이 어느 초등학교를 나왔으며, 성적은 어느 정도였고, 초등학교 때 사귀던 남자애가 누구였는지도 다 알고 있었다. 열매를 통해서 보는 세상에는 새로울 게 하나도 없다는 게 진정한 비극이었다. 그러나 나한테는 거북스러운 정보가 아이들에게는 유익한 모양이었다. 열매 주위는 늘 아이들로 북적였고, 열매는 한층 고무되어 열과 성을 다해 정보 모으기에 급급했다.

나는 천성적으로 착한 아이가 아니다. 더구나 성가신 건 딱 질색이다. 처음에는 북적이는 아이들 틈에서 열매가 나를 잊어 주기를 간절히 바랐지만, 열매는 유일한 동창임을 내세워 진화하려는 내 이미지와 자유마저 허용하지 않았다.

"우렁각시! 이리 와 봐. 얘들이 네가 차가워 보이면서도 생각이 많은 것 같댄다. 야, 너희들 제대로 속고 있는 거야! 얘, 초등학교 때 별명이 우렁이, 아니 지렁이였다니까. 지렁이가 생각 있는 거 봤어? 저 짧은 머리도 달라 보인다고? 바로 저 머리가 진실을 왜곡할 수 없는 증거잖아. 겨울 방학에 아무 생각 없이 덜컥 잘랐다고 자기 입으로 시인했다니까. 또 뭐라고 그랬지? 아, 차가운 이미지! 얘가 좀 쌀쌀맞고 인정머리가 없긴 하지. 하지만 따뜻한 내 인간성으로 다 감당하고 있으니까 곧 인간으로 진화하는 날이 올 거야. 기대하시라."

열매가 내 어깨를 치며 깔깔댔다.

'야! 그 입 닥치지 못해? 어따 대고 아는 척이야! 경고하는데, 앞으로 내 얘기 함부로 지껄이면 나도 가만있지 않을 거야,

명심해!'

열매가 한마디만 더 하면 나도 참지 않으리라, 몇 번이나 벼르며 준비한 말이었다. 하지만 모든 일에는 타이밍이 중요했다. 날이 설 대로 선 내 말은 혀끝에서만 맴돌 뿐, 한 번도 입 밖으로 나와 본 적이 없었다. 착해서도 아니고 참을성이 많은 건 더더욱 아니었다. 그저 모두가 새로운 변화를 탐색하는 시기라는 걸 내가 눈치 빠르게 감지하고 있었기 때문이었다.

그러나 내 참을성에도 한계가 있다는 걸 나는 오래지 않아 인정해야 했다. 그 날은 개별활동 CA를 정하는 날이었다.

"우렁각시, 꼭 가고 싶은 데 있어?"

네가 없는 곳이라면 어디든지, 라고 말하고 싶은 걸 꾹 참고 나는 어깨만 으쓱해 보였다. 마음속으로는 영화관람반, 교지편집반, 그것도 안 되면 진부하지만 문예반 정도로 점찍어 두고 있었지만, 함부로 발설했다간 한 달에 한 번 열매한테서 자유로울 수 있는 시간마저 강탈당할지 모르기 때문이었다.

"혹시 영화나 교지편집반 같은 걸 생각하는 건 아니지? 영화관람반은 가장 먼저 차는 곳이니까 힘들 테고, 교지편집반은 방송반처럼 시험이 까다롭다니 안 되기가 십상이고, 정신 나간 거 아니면 문예반을 쓸 리는 없고……."

나는 빈 컵을 입에 대고 과장스레 들이켜며 열매의 빠른 눈치에 놀란 가슴을 달랬다. 마침 교실 문을 열고 들어오는 선생님이 아니었으면 꼼짝없이 걸려들 판이었다.

"자, 결정하기에 앞서 선배들이 너희들에게 CA 소개하는 시간을 잠깐 갖겠다. 내 개인적인 의견으로는 연극반이나 방송반, 교지편집반 같은 데보다는 평범한 CA를 선택하면 좋겠다. 괜히 겉멋만 들어서는 성적에 하등 도움이 되지 않으니까, 부디 신중하게 결정하도록. 그리고 한 부서에 두 명 이상은 못 간다. 따라서 순간의 선택이 중학교 생활 3년을 좌우한다는 각오로 희망 부서를 세 개씩 적어 내기로 한다. 알았나?"

교실 밖에서 순서를 기다리는 선배들을 의식해서인지, 선생님은 평소와 달리 깔끔하게 마무리를 하고 교실을 나갔다.

약간 긴장한 얼굴로 선배들이 몇 명씩 떼 지어 들어와 간단하게 소개하고는 황급히 옆 반으로 옮겨 갔다. 마음은 이미 정했지만 평범하고 지루한 얘기를 계속해서 들으려니 실망스러웠다. 그나마 마지막에 들어온 연극반 선배들이 바닥까지 떨어진 의욕에 약간 불을 당겼다고나 할까? 짤막하게 보여 준 연극 한 장면은 무슨 뜻인지 알 수 없어도 배우들의 진지한 모습에 마음이 끌렸다.

연극반 반장인 듯한 선배가 우리를 향해 돌아섰다.

"시간을 버는 소녀여. 시간이 있을 때 장미 봉오리를 거두라. 시간은 흘러 오늘 핀 꽃은 내일이면 질 것이니……. 어느 학교나 연극반은 역사와 전통을 자랑하는 부서입니다. 우리 은란여중 연극반도 다르지 않습니다. 하지만 오늘 우리는 그 역사와 전통을 모두 부정합니다. 역사와 전통은 여러분이 함께하는 순간부터 의미가 있지요. 우리는 연극반 새로 쓰는 역사에 여러분이 함께하기를 간절히 바랍니다."

다분히 연극적인 말투와 과장된 몸짓이지만 그래도 신선했다. 나는 스스로 변덕스럽다고 느끼면서 연극반과 영화관람반 그리고 문예반을 써서 냈다.

그런데 그 시간을 마치고 한 부서 집계에서 아뿔싸, 연극반과 영화관람반을 써낸 아이들이 가장 많았다. 집중적으로 몰리는 부서는 가위바위보로 정한다는 말에 나는 두말없이 포기하겠다고 손을 들었다. 새로 쓰는 역사도 좋고 영화 관람도 좋지만, 그 부서에 들어갈 수 있는 운명을 가위바위보로 정한다는 발상에 매력이 없어진 것이다. 열매 말마따나 문예반에 들겠다는 정신 나간 사람은 없을 테니까 억울할 것도 없었다.

그런데 예상치 못한 곳에 복병이 있었다. 문예반에 지원한 아이가 나 말고 두 명이 더 있었던 것이다. 여기서 포기하면 남은 곳이라고는 비즈공예나 십자수, 손뜨개반뿐이다. 물러날 곳이 없다고 생각하니 좀 전과는 달리 가위바위보도 불사하겠다는 결심이 저절로 생겼다.

"잠깐, 진우령, 넌 CA를 4순위까지 썼잖아? 세 개만 쓰라고 한 말 잊어버렸어? 내가 제일 싫어하는 게 열심히 설명할 때 안 듣고 나중에 진우령처럼 엉뚱한 짓 저지르는 거다. 이번 한 번은 문예반을 양보하는 조건으로 봐준다. 비즈공예반은 열매 한 명밖에 없으니까 거기로 가면 두 명, 딱 됐네."

"저, 세 개만 썼는데요?"

"그럼 맨 밑에 별표까지 해 놓은 비즈공예반은 뭐야? 다른 걸 지우려다 잊어버린 건가? 봐, 네 이름 맞지? 어쨌든 실수라고 해도 내 짐을 하나 덜어 준 셈이니 이번은 그냥 넘어간다."

선생님이 내 눈 앞에서 종이를 흔들었다. 마지막에 별표까지 그려 놓은 비즈공예반은 분명 내 글씨가 아니었다. CA마저 열매랑 같은 반이라니, 귀신이 있다면 곡을 할 노릇이었다.

그 때 옆줄에 앉은 열매가 손가락으로 브이 자를 그리며 환하게 웃었다. 그러고는 입 모양만으로 내게 말했다.

"내가 이럴 줄 알고 네 종이 찾아서 맨 밑에다 썼잖아. 잘했지? 우리 CA도 한 반이야."

얼굴이 달아오르고 곧 온몸이 떨리기 시작했다. 선생님이 교실을 나가자마자 뛰어오는 열매를 향해 나는 참고 참았던 말을 다 퍼부어 댔다.

"네가 뭐야! 뭔데 내 일에 사사건건 나서는 거냐고! 내가 언제 비즈공예 따위 하고 싶다고 했어? 왜 시키지도 않은 짓을 하냐고!"

"결과적으로 이렇게 될 거였는데 뭘 그렇게 화를 내? 어차피 넌 가위바위보도 못하니까 문예반에도 못 갔을 텐데, 뭘. 너는 나와 함께 비즈공예반에 들 운명이었다고."

열매의 천연덕스러운 대답이 내 화를 더 돋웠다.

"네 마음대로 저질러 놓고는 뭐가 운명이라는 거야! 왜 항상

네 입장에서만 생각하냐고! 입 다물고 있으니까 내가 그렇게 만만해? 너랑 한 반이 되고부터 뭐 제대로 되는 일이 없잖아! 스트레스만 왕창 받는다고!"

아이들의 놀란 눈길, 열매의 황당한 표정, 그리고 내가 너무 지나쳤을지도 모른다는 생각……. 하지만 그보다 어디서 그쳐야 할지를 몰라서 더 당황스러웠다.

"얘길 하지 그랬어. 네가 그렇게 불편해하는 줄은 몰랐잖아. 문예반 건은 내가 선생님한테 가서 말씀드릴 테니까 화 풀어."

"언제 내 말을 진지하게 들은 적이나 있어? 제발 내 일은 내가 처리하게 내버려 둬 줘! 부탁이다."

열매가 어깨를 늘어뜨리고 제자리로 돌아갔다. 생전 처음 보는 열매의 풀 죽은 모습이었다.

신비로운 이미지? 지나가는 개나 가지라고 하지. 상황을 모르는 아이들에게 이 순간의 나는 성질 더러운 아이, 딱 그 자체였다. 열매는 성질 더러운 내 말에 상처받을 대로 받은 불쌍한 아이고.

이제 속이 후련하냐고 나 스스로 물었다.

당연하지. 음, 당연한 건 아니고, 약간 후련하다고 할까? 아니, 솔직히 말하면 이 무슨 더러운 기분이냐고. 후련하기는커녕 여기저기 내 상처만 후벼 판 셈이잖아!

그 사건 이후 나는 열매의 구속에서 해방되었다. 열매는 필요한 말이 아니면 일부러 내게 와서 떠드는 일이 없었다. 그렇다고 열매가 예전에 비해 말이 줄었다거나 정보에 둔해진 건 아니었다. 여전히 열매가 물어 오는 정보를 필요로 하는 아이들은 끊이지 않았고, 열매의 눈치 없는 한마디에 웃음소리가 교실 밖을 넘나드는 일이 허다했다. 나만, 내 처지만 달라진 것이다.

그토록 바란 자유였건만, 열매한테 잡혀 있던 삼 주 동안 나는 또 나름대로 길들여진 모양이었다. 급식실에 가면 함께 앉을 아이가 없어 허둥댔고, 어쩌다 열매와 눈이 마주치면 흠칫 놀라 고개를 돌리는 건 언제나 나였다. 열매 아닌 다른 친구를 만들고자 하면 얼마든지 만들 수도 있지만, 사건 직후라 내 자존심이 허락하지 않았다. 이래저래 장밋빛 환상도 깨지고, 의욕은 식욕만큼이나 줄어들었다.

"우렁각시, 처량맞기는……. 이건 또 무슨 가슴 아픈 설정이냐?"

열매가 불쑥 나타나 맞은편 자리에 식판을 놓으며 말했다. 급식실에서 눈치 안 보고 밥 먹는 데 나름 익숙해졌다고 스스로 대견해할 무렵이었다. 하필 감기에 걸려 코 푼 휴지가 급식판 옆에 산처럼 쌓여 있을 때 열매가 나타난 것이다.

몇몇 아이들이 열매를 보고 다가왔다가 나를 발견하고는 슬금슬금 다른 자리로 옮겨 갔다. 우리 둘을 흘끔거리는 시선이 여러 각도에서 느껴졌다.

“내가 그렇게 할 일 없어 보이냐? 처량한 설정을 다 하게.”

열매 입속에 모터가 달렸다면 내 입속에는 야구 방망이가 있는지도 모른다. 솔직히 반가운 마음이 없었던 것도 아닌데, 입 밖으로 나오는 순간부터 내 말은 제멋대로 튀어 버리는 것이다.

그 날 그렇게까지 얘기한 건 내가 너무 심했다고, 네가 내 일에 지나치게 나서는 건 부담스럽지만, 그렇다고 원수처럼 지내자는 뜻은 아니었다고, 어차피 일년을 한 반에서 보고 살 건데 산뜻하게 지내자고……. 내 입술이 달싹대려는데 열매가 먼저 입을 열었다.

“그 동안 곰곰이 생각해 봤어.”

반가움 끝. 정체 모를 불안이 엄습해 왔다. 열매는 생각하면 안 된다. 특히 곰곰이 생각하면 안 된다, 절대로 안 된다. 그러면…….

“네 말 듣고 처음엔 나도 반성 많이 했어. 정신 나가지 않아도 우렁각시라면 문예반을 신청할 수 있다는 걸 까맣게 잊고 있었거든. 그러면서 진우령의 일년을 책임지겠다고 큰소리 탕탕 쳤으니, 난 욕 먹어도 할 말 없지, 뭐. 하지만 나, 아무 생각 없이 비즈공예반 신청한 거 아니다. 난 지금도 CA 선택의 기준은 내 손에 뭐가 남느냐야. 문예반이나 영화관람반은 기껏해야 쓰거나 보는 게 다잖아. 연극반? 그것도 죽어라고 연습해서 무대에 한 번 올리고 나면 끝인데, 너무 허무하지 않아? 적어도 일년을 마쳤을 때 내 손에 목걸이, 반지, 휴대전화 장식고리 정도는 남아야 하는 거 아니냐고! 그래서 12월 눈 내리는 어느 날 우리가 직접 만든 반지를 교환한다고 생각해 봐. 가슴이 찌릿찌릿하지 않니? 말이 나왔으니 말인데, 너랑 내가 그냥 평범한 친구냐? 우린 하늘이 맺어 준 영혼의 단짝이잖아! 넌 나 때문에 스트레스 왕창 받았다고 하지만, 잘 생각해 봐! 우린 나름대로 잘 어울렸어. 이상이 내가 밤잠 설쳐 가며 고민하고 분석한 결과야. 너, 내가 급식 메뉴나 유에프오 출몰 같은 거 말고 고민하는 거 봤어? 그 정도로 심각했다고. 그래서 말인데, 혹시 그 날 일로 나한테 미안해한다면 내가 알아서 다 용서할 테니까 더 이상 청승 안 떨어도 돼. 비록 넌 날 버리고 문예반으로 가 버렸지만 내가 예전보다 백배는 더 신경 쓸 테니까. 중요한 건, 그럼에도 불구하고 너는 내가 만든 우정의 반지를 꼭 끼게 될 거라는 사실이지."

꼭 이렇게 감당 못할 결론으로 매듭짓고 만다니까.

나는 기대에 찬 열매 얼굴을 보면서도 한 박자 쉴 수밖에 없었다. 생각을 정리하는 동시에 말을 고르는 일, 내게는 결코 쉬운 일이 아니었다.

"네가 그렇게 말해 줘서 마음이 훨씬 가벼워졌어. 너랑 떨어져서 지내는 동안 솔직히 힘들었거든. 넌 언제나 내가 뭘 생각하기도 전에 다 알아서 해 주던 친구였으니까 말이야."

내 말에 열매 얼굴이 환하게 밝아졌다.

"그래서 나도 마음 정했어. 열매 네가 나한테 최선을 다한 거 알아. 하지만 듣고 보니 너하고 나는 영혼의 단짝에 대한 생각부터 다르다는 게 문제였어. 그게 그렇게 요란한 거라면, 하늘이 맺어 주었대도 난 사양한다. 앞으로 일년, 청승을 떨든 말든 나 혼자 꾸려 볼 테니까 지금처럼 신경 안 써도 돼, 알았지? 그리고 그 우정의 반지 말인데, 우리가 영혼의 단짝이라고 해도 아마 난 안 끼었을 거야. 반지 끼는 건 교칙 위반이잖아."

열매가 영혼의 단짝 얘기만 안 꺼냈으면 내 결론이 달라졌을까? 잘 모르겠다. 어쨌든 그 순간 희한하게도 사라진 식욕이 다시 돌아왔다. 식판을 싹싹 비우는 동안 열매의 난감한 표정이 훤하게 그려졌다. 그렇지만 그건 또 나처럼 열매가 적응해야 할 몫이다.

"얹히겠다, 그렇게 먹어 대다가는."

열매가 제 컵을 내 쪽으로 밀며 말했다.

열매 말이 계시라도 되는 것처럼 마지막 넣은 밥알이 목에 걸려 나는 켁켁거렸다. 그래도 고집스레 열매가 내민 컵을 받아 들지 않았다.

식판을 갖다 놓고 급식실을 나오는데 딱하게 바라보는 열매가 자꾸 눈에 밟혔다.

그렇게 봐도 어림없어, 신열매. 난 진짜로 홀로 서기를 할 거라고!

3월 말인데 운동장에는 철모르는 눈발이 날리고 있었다. 모질게 먹은 마음에 틈이 있었나 보다. 눈발 날리는 운동장으로 뛰어나가면서도 헐렁한 교복에 짧은 머리 그리고 조여지지 않는 마음까지, 뭔가 엉성하고 어설픈 내 조합을 생각하니 입에서 자꾸 웃음이 비어져 나왔다. 아직도 적응하려면 멀었다.

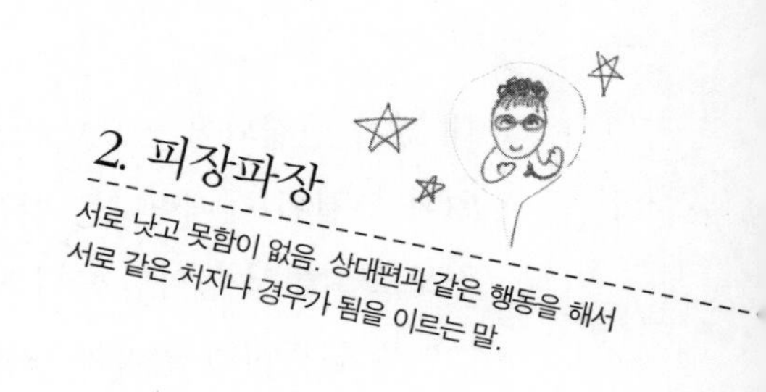

2. 피장파장

서로 낫고 못함이 없음. 상대편과 같은 행동을 해서 서로 같은 처지나 경우가 됨을 이르는 말.

그 전쟁은 순전히 엄마가 없애 버린 내 텔레비전 때문에 일어났다. 엄마는 없애 버린 게 아니라 노인정에 기부한 거라고 극구 우기지만, 내 입장에서 보면 어떻게 말해도 마찬가지다.

시영 아파트 201동 403호는 엄마와 나, 우리 두 식구를 위한 보금자리다…… 라고 쉽게 얘기할 수 있지만, 실상은 그렇게 단순하지 않다. 스물두 평밖에 안 되는 집이지만, 그 안에는 엄연히 엄마 구역과 내 구역이 따로 존재한다.

공유 공간인 부엌과 화장실을 빼면 우리는 철저하게 각자의 방을 중심으로 생활한다. 거실은 드나드는 통로로 이용하기는 하지만, 엄마의 텔레비전과 자질구레한 물건들 때문에 굳이 따지자면 엄마 공간이라고 할 수 있다. 햇볕 안 드는 베란다는 내 방과 연결되어 있으므로 엄마가 출입을 자제하는 대신, 부엌과 연결된 뒷베란다는 빨래 널어 두고 화초 키우기에 좋을 정도로 밝아서 엄마만 드나드는 곳이다.

이렇게 말하면 엄마와 내가 굉장히 사이가 나쁜 것 같지만, 딱히 그런 것만도 아니다. 어떤 면에서 엄마와 나는 다른 집 모녀와 견줄 수 없을 정도로 잘 맞는다. 무서운 영화를 좋아하는 거나 추리물을 좋아하는 것, 밀가루 음식 좋아하는 거나, 비 오는 날 꼼짝도 하지 않는 건 잘 맞는다는 말이 무색할 정도로 똑같다. 한여름 주말마다 해 주는 공포 영화 시간이면 우리 둘은 내 방과 거실에서 거의 똑같은 순간에 비명을 지르면서도 끝을 보고야 만다. 외식도 국수나 수제비 집이면 오케이고, 비가 오는 날이면 아무리 반가운 사람이 불러내도 둘 다 구들 왕족처럼 요지부동이다.

그런데도 우리 집이 두 개의 자치 구역으로 나뉘게 된 까닭은 극명하게 갈린 스포츠에 대한 애정 때문이다. 엄마는 야구광인데 비해 나는 축구라면 자다가도 벌떡 일어날 정도로 좋아한다. 엄마는 지금도 고3 때 창단되었다는 프로 야구 얘기를 어제 일처럼 말하곤 한다.

"그 전까지는 고교 야구가 최고였거든. 박노준, 유중일, 김건우, 조계현…… 아마 요즘 인기 최고인 아이돌 가수들도 이 선수들의 인기는 못 따라갈걸. 박노준 선수가 봉황기 결승전에서 부상당한 날, 우리 반은 초상집 같았다니까. 그 다음 해에 프로 야구가 창단되었지. 그 때는 박철순의 시대였어. 프로 야구 원년에 OB베어스에 22연승이라는 화려한 기록으로 승리를 안긴 투수인데…….”

“엄마는 고3이었다며? 공부 안 했어?”

야구 얘기만 나오면 이성을 잃는 엄마가 한심스러워서 나는 도저히 듣고만 있을 수가 없었다.

“그러니 얼마나 괴로운 시절을 보냈겠느냐고. 경기는 날마다 있지, 학교에서는 성적 떨어진다고 쥐 잡듯 잡지, 외할머니가 휴일에는 아예 텔레비전 전원 스위치를 뽑아 버렸다니까.”

외할머니가 휴일 말고 평일에도 텔레비전 전원 스위치를 빼 버렸다면, 오늘날 내가 야구 경기로 고문당하는 일은 없었을 텐데……. 괜히 외할머니가 야속했다. 내가 그러거나 말거나 코치나 감독이 된 그 당시 선수들 얼굴이 텔레비전 화면에 스쳐 지나가기라도 하면 엄마는 첫사랑이라도 만난 것처럼 바로 흥분했다.

내가 축구를 좋아하게 된 건 어쩌면 엄마의 야구 집착에 대한 반발이 아니었을까 싶기도 하다. 뭐, 진경 언니 말로는 단순한 내 머리로 그 복잡한 야구 규칙을 이해할 수 없기 때문에 골만 넣으면 되는 축구를 좋아하는 거라고 하지만 말이다.

어쨌든 옛날에 우리 집에 텔레비전이 한 대였을 적에는 난리도 아니었다. 지극히 평화롭다가도 축구와 야구를 함께 하는 날이 되면 엄마와 나는 채널권을 두고 한 치의 양보도 없이 팽팽하게 맞섰다. 다행스러운 건 엄마 친구가 이사 가면서 텔레비전 한 대를 우리 집에 주고 간 때가 월드컵 경기 직전이었다는 것이다. 그러지 않았으면 3차 세계 대전이 우리 집에서 발발했을지도 모른다. 말하자면, 우리 집에 두 개의 자치 구역이 만들어진 때는 텔레비전이 한 대 더 생긴 바로 그 날부터라는 말이다.

그런데 그 텔레비전을 엄마가 노인정에 줘 버렸다는 것이다. 사전에 한마디 의논도 없이.

"어떻게 그럴 수가 있어! 내 텔레비전인데 나한테 물어봐야 하는 거잖아!"

"물어본다고 네가 그러라고 하겠니? 부녀회에서 일주일에 두 번씩 식사 당번을 하든지 노인정에 필요한 걸 기부하든지 하라는데 어떻게 해? 나는 선택의 여지가 없었어."

말 한마디에 천 냥 빚도 갚는다고 했는데. 차라리 중학생이나 되어서 어떻게 텔레비전을 끼고 살 생각을 했느냐고 야단이라도 치든가, 내 성적이 떨어질까 봐 그랬다고 거짓말이라도 했으면, 기분은 나쁘더라도 할 말은 좀 줄었으리라. 엄마는 지극히 엄마 편의에 따라 그랬다는 걸 감추지 않았고, 나는 그 사실에 더 상처를 받았다.

"그럼 엄마 텔레비전을 줘야 하는 거 아냐?"

"거실 텔레비전은 29인치잖아, 네 방에 있는 건 17인치고."

거실 텔레비전? 가끔 밥 먹으면서 놓치기 싫은 경기를 보려고 텔레비전을 켜면 엄마는 그 때마다 거실 텔레비전이 누구의 소유물인지 매몰차게 확인시켰으면서, 이런 상황에서 슬그머니 빠진 소유격은 도대체 어디에서 방황하고 있는 거냐고!

나는 죽은 듯 가만있을 수만은 없었다. 처음엔 몰랐는데 시간이 갈수록 엄마 의도에 대한 의심이 확신으로 다가왔다. 이건 단순하게 텔레비전이 있고 없고의 문제가 아니었다. 그 동안 암묵적으로 지켜 온 평화협정을 엄마 스스로 저버린 것이다. 협정을 깬 사람이 책임을 지는 건 당연하다.

"그럼 내 방에 놓을 텔레비전 사 줄 거지?"

"얘가 무슨 말도 안 되는 소릴 하는 거야! 형편이 되면 노인정에 직접 사서 주지, 네 성질 다 알면서도 내가 왜 그 텔레비전을 내줬는데?"

좀 전까지 기부 운운하더니 이제야 진실을 실토하네.

"그럼 거실 텔레비전이라도……."

"거실 텔레비전을 뭐! 그 방에 가져가기라도 하겠단 말이야? 가져가면 또 어디다 놓으려고! 머리에 이고 볼래, 품에 안고 볼래? 사람이 곱게 말을 하면 알아들어야지, 오냐오냐 했더니 한도 끝도 없어!"

텔레비전이 사라지니 자치 구역과 함께 있던 모든 민주적인 절차도 사라지고 말았다. 엄마는 뒷베란다만으로 빨래 널기가 부족하다며 내 방 베란다 빨랫줄에도 빨래를 척척 널고는 방으로 들어갔다. 그건 곧 우리 집에서 타협과 평화의 시대가 갔다는 걸 의미했다. 내게는 이제 결전을 앞둔 선택만 남았을 뿐이다.

텔레비전이 사라진 내 방은 허전하기 그지없었다. 텔레비전이 놓였던 침대 발치 서랍장 위에는 텔레비전이 있던 자리만 빼고 먼지가 네모반듯하게 앉았다. 나는 손으로 먼지를 쓸어내렸다.

내 방에는 베란다 쪽으로 난 창문을 기준으로 오른쪽에는 침대, 왼쪽에는 책상이 있다. 침대 발치에는 다섯 칸짜리 서랍장을 놓았는데, 한번쯤 내 방에 들어와 본 사람은 열이면 열 모두 다 서랍장 위치가 방 구조상 적합하지 않다고 잔소리를 늘어놓는다. 침대 머리맡에 있어야 할 서랍장이 발치에 있어서 정서적으로 불안감이 생긴다나? 그러나 독립된 자치 구역에서 가구 위치는 엄마라도 왈가왈부할 수 없는 법. 나는 서랍장 위치를 바꿀 생각은 추호도 없다. 무엇보다도 살아 본 사람만이 터득한 노하우가 가장 중요하다고 믿기 때문이다.

워낙 부실한 서랍장은 아래로 잡아당겨야 열리는 맨 꼭대기 문이 정확하게 맞물리지 않는다. 그래서 남들이 말하는 것처럼 침대 머리맡에 놓을 경우, 언젠가 그 묵직한 문짝이 내 머리 위로 떨어지지 않는다는 보장이 없다. 운 좋으면 전치 삼 주, 운 나쁘면……. 그러나 서랍장을 발치에 놓을 수밖에 없는 진짜 중요한 이유는 텔레비전 때문이었다. 침대에 비스듬히 누워서 볼 수 있는 최적의 위치, 내가 그것을 왜 포기해야 한다는 말인가?

텔레비전 하나가 방에 있음으로 해서 내 방은 완벽했다. 자고 싶을 때 자고, 보고 싶을 때 편안히 누워서 볼 수 있으니 그것 말고 또 뭐가 필요하냐는 거다.

그런데 그 텔레비전이 내 방에서 사라졌다. 더불어 호화로운 공주 방도 부럽지 않던 내 방은 졸지에 폐허처럼 궁기만 가득 찼다. 난 그걸 받아들일 수가 없었다.

그 때 휴대전화 문자 알림 소리가 울렸다.

뭐 해? 학원 가기 전에 잠깐 보자.

열매의 호출 문자였다.

그럴 기분 아냐.

기운이 빠지니 휴대전화 자판 누르는 내 손놀림도 우울했다.

왜? 그 날이냐?

한번에 포기하면 열매가 아니지.

내가 생리적 조건 때문에 우울한 거 봤어?

어쭈, 아주 공격적이신데. 그래도 나와. 중요한 얘기가 있어.

또, 또, 또 명령이다.

호기롭게 열매를 거절하던 때가 아주 옛날 일처럼 느껴졌다. 열매가 주장하던 '하늘이 맺어 준 인연'은 생각보다 만만치 않았다. 열매는 살금살금 다가와 다부지게 마음먹은 내 빈틈을 공략했고, 어느 날부터인가 어리숙한 내 뒤에는 언제나 열매가 있었다. 한마디로, 뛰어 봤지만 열매 손바닥 위였다.

나는 바로 통화 버튼을 눌렀다.

"깜짝이야. 웬 전화?"

열매가 호들갑을 떨며 전화를 받았다.

"오늘 학원 안 갈 거야! 그러니까 기다리지 말라고."

"목소리가 왜 그래? 실연이라도 당했냐? 아니지, 우렁각시한테 내가 모르는 연애담이 있을 리 없지. 그럼, 엄마한테 야단맞은 거구나, 맞지?"

"떠들 힘도 없어. 그냥 집에 사고가 좀 있었어. 머리 아파서 좀 쉬려고."

말 그대로 내 모든 의욕이 텔레비전과 함께 사라진 것이다.

"야! 진우렁, 진짜 웃기고 있어. 네가 언제부터 머리 아프다고 쉴 팔자였어! 잔말 말고 나와! 지금 바로 나오면 내가 진심으로 떡볶이 쏠 테니까."

"진짜 밥맛도 없다니까."

"얘가 내 말을 어디로 듣는 거야! 네 주제에 무슨 밥맛을 따지냐고요! 밥맛 다음엔 또 뭔데? 입맛? 그 다음엔……."

"나간다, 나가! 지금 갈 테니까 입 좀 다물어!"

"진작 그럴 것이지. 빨리 나와!"

열매가 만족스러운 목소리로 전화를 끊었다.

어차피 단식 투쟁이라도 해야 하지 않을까 궁리하던 차였다. 나는 학원 가방을 챙겨서 집을 나왔다.

자기가 쏜다고 큰소리쳐 놓고는 내가 도착했을 때 접시는 거의 비어 있었다. 나는 어이가 없어서 열매 얼굴을 바라보았다.

"왜? 너를 위해 준비했는데."

"고작 떡볶이 네 개? 이게 진심 어린 개수냐?"

"너 밥맛도 입맛도 없다면서? 체하면 떡볶이 값보다 약값이 더 들까 봐 합리적으로 남겨 놓은 건데?"

열매하고 입씨름해 봤자 이길 수 없는 게 뻔했다.

"근데 집에서 무슨 사고가 있었는데? 뭐 아까 그 분위기로 봐서는 말하고 싶지 않을 것 같다만. 그렇지?"

열매가 휴지로 입을 닦으면서 은근한 목소리로 물었다.

"그래, 그러니까 더 묻지 말고 나한테 할 얘기나 해!"

"어이구, 무서워라. 내 용건, 내 용건은 말이지…… 엄마가 수학 학원 바꾸라고 하는데 너네 학원에 등록……."

"신열매!"

"알았어, 내가 그럴 줄 알고 먼저 물어보는 거잖아. 기집애, 완전 물렁한 게 원칙 하나만 정해 놓으면 날이 서요. 손 베겠다, 얼굴 풀어!"

열매와 다시 다니게 되면서 나는 몇 가지 조건을 걸었다. 그중 하나가 학원까지 붙어 다니지는 말자는 것이었다. 내 말에 열매는 오래 생각하지 않고 그러자고 했다.

"근데 우령, 놀라서 자빠질 만한 얘기가 있어. 어제 우리 집에 누가 왔는지 알아? 너 4학년 때 우리 반에서 일등 하던 영지, 기억나지? 걔가 어젯밤에 뜬금없이 전화를 걸어서는 하룻밤만 재워 주면 안 되겠느냐는 거야."

"영지가? 걔도 우리 학교 다녀?"

"제발 세상에 애정을 좀 가져 봐! 우리 모두 부러워하는 남녀 공학을 놔두고 영지가 왜 우리 학교에 다니냐!"

너나 남녀 공학을 부러워하지. 나는 불퉁대고 싶은 걸 누르며 열매에게 물었다.

"같은 학교도 아닌데 왜 너한테 전화를 해? 걔랑 친했어?"

"아니. 그러니까 뜬금없다고 하지. 졸업하고 문자 한 번 주고받은 적 없는데 어제 갑자기 전화하고 찾아온 거야. 말하자면 가출이지. 영지 많이 달라졌더라. 예전에는 공부밖에 모르는 샌님이었잖아? 그 동안 남자 친구도 사귀고 그랬나 봐. 중간고사가 바로 코앞인데 가출까지 했잖아."

열매는 내가 남긴 떡볶이를 냉큼 다 먹으며 말했다.

"그럼, 남자 친구랑 어디로 간다는 거야?"

나는 목소리를 낮추며 물었다.

"얘가, 얘가 또 사정없이 전진이네. 영지 남자 친구가 외고 준비하는 중3이라나 봐. 한창 공부해야 할 때인데 영지랑 어울려 다니느라 외고 준비 학원에서 쫓겨났다고, 그 남자애 집에서 영지 엄마한테 전화까지 걸었더래. 제발 자기 아들 공부 좀 방해하지 말라고."

"뭐?"

나는 어이가 없어서 할 말을 잃었다. 무슨 신파 드라마도 아니고…….

"웃기지? 영지 엄마, 한마디로 머리끝부터 발끝까지 자존심 하나로 버티는 분이잖아. 세상에서 가장 잘난 딸 영지가 남자애 발목 잡는다는 소릴 듣고 가만있었겠니? 영지, 죽다 살아났나 봐. 근데도 그녀의 사랑, 대단하더라. 우리 집에 있는 동안 계속 문자만 하는 거 있지? 그 오빠는 집에 들어가라는데 영지가 싫다고……. 눈꼴이 시어 못 봐 주겠더라니까. 결국 오늘 아침에 그 오빠가 영지네 엄마랑 같이 찾아왔잖아. 근데 영지의 남자 보는 눈이 아주 선량하다는 사실에 또 한 번 놀랐다는 거! 그렇게 보편적인 얼굴에 목숨을 걸 줄이야……. 어쨌든 하룻밤의 가출과 사랑의 힘으로 인한 귀가. 그게 영지 가출 사건의 전말이야."

도도하기로 유명하던 영지한테 그런 일이 있었다니……. 한편으로는 부럽고 한편으로는 열매가 지어낸 말이 아닌가 의심이 들었다.

"그런데 왜 하필 너네 집으로 왔는데? 너랑 그리 친한 편도 아니라면서."

"내 인간성 좋다는 얘기가 범우주적으로 소문난 거 너 몰랐어? 히히, 그게 아니라 작년에 영지랑 한 반이었거든. 그 까칠한 애를 내가 좀 잘 봐줬겠냐? 거기다 같은 학교가 아니라는 점도 안전할 테고."

안 봐도 비디오다. 열매의 오지랖이야말로 범우주적으로 통하는 신용 카드라고 할 수 있지.

"근데 오늘 아침에 말이야, 영지네 엄마가 그 오빠랑 집에 들어왔을 때는 진짜 살벌했거든. 영지네 엄마 눈에서 파란색 불꽃이 튀고 목소리가 얼음장처럼 차갑더라고. 우리 엄마가 뒤에서 계속 재 이제 죽었다, 큰일났다고 할 정도였으니까. 그런데 그 오빠는 먼저 가고, 영지랑 영지 엄마 쫓아 나가서 인사를 하려는데, 그 엄마가 영지 앞에 주저앉아 대성통곡을 하는 거야, 거의 애원조로. 꼿꼿한 자존심밖에 없는 사람인 줄 알았는데, 밤새도록 진짜 많이 걱정했나 봐."

"너, 근데 그걸 왜 이제야 말하는 건데? 아까 학교에서는 그런 말 한마디도 안 했잖아!"

나는 저 근지러운 입을 어떻게 다물고 있었을까 싶어서 물었다.

"영지 엄마가 신신당부를 하더라고, 아무한테도 말하지 말라고."

"그런데 지금은 뭐야?"

"히히, 내가 병나면서까지 비밀을 지킬 정도로 영지 엄마랑 각별한 사이는 아니잖아? 다시 말해서 진짜 각별한 사이란 이런 얘기도 털어놓을 수 있는 우리 정도는 되어야 한다는 뜻이지."

그럼 그렇지, 신열매가 어디 가려고.

“아무튼 나는 이 사건으로 큰 교훈을 얻었잖아. 하나는 아무리 공부 잘하는 깐깐쟁이 영지라도 사랑에 눈멀면 어쩔 수 없다는 것과, 또 하나는 세상 모든 엄마들은 자식이 집을 나가 봐야 귀한 줄 안다는 사실이지. 그래서 말인데, 너희 엄마나 우리 엄마는 우리가 너무 담백하게 학교를 다녀 주니까 고마운 줄 모르고 잡초처럼 대하는 거 아닐까?”

학원 시간이 다 되어서 나는 열매의 너스레를 더 듣고 있을 수 없었다.

솔직하게 말하면 그 날 학원에 갔을 때만 해도 텔레비전 사건에 대한 구체적인 방법 같은 건 내게 없었다. 다만 이제 케이리그를 내 방에서 편안한 자세로 볼 수 없다는 사실만 슬펐을 뿐이었다.

학원 수업 한 시간을 남겨 두었을 때 문자 알림 소리가 울렸다.

올 때 식빵 한 줄이랑 달걀 좀 사 와. 내일 프렌치토스트 해 줄게.

천금 같은 텔레비전을 나한테서 떼 놓고 엄마는 그 꼴난 프렌치토스트로 모든 걸 만회해 보겠다고?

이 밤중에 그걸 어디서 사 오라고!

나는 부글부글 끓는 것을 간신히 참고 문자를 보냈다.

관둬! 나도 뭐 아침부터 기름 냄새 맡고 싶겠니?

도대체 화를 내야 하는 사람이 누군데, 엄마가 난리야! 나는 가방을 챙겨서 학원을 그냥 나와 버렸다.

"뭐야! 넌 또 왜 이 밤중에 온 건데?"

열매가 잠옷을 입은 채 문을 열어 주었다.

"집 나왔어, 나도!"

내심 영지보다 더 각별한 사이인 나를 매정하게 내쫓지 않을 거라는 계산이 있어서 열매네로 찾아간 터였다.

"준비물을 보니 설명 안 해도 알겠네."

엄마가 자는 틈에 나오려고 서두르다 보니 가방 부피가 장난이 아니었다. 나는 낑낑대면서 열매를 지나쳐 방으로 들어갔다.

"근데 우리 집이 무슨 여관이냐? 이것들이 뻑하면 쳐들어와서는……. 잠시 검문 있겠습니다. 나도 우리 엄마 아빠한테 할 말이 있어야 하니까, 네 얘기를 들어 보고 합당한 이유가 있으면 재워 주고 아니면……."

"아니면?"

"당근 내쫓아야지. 친구가 비행 청소년이 되는 기로에 있는데 무턱대고 잘했다 할 수는 없는 거잖아?"

"내 이유도 영지 못지않아, 더하면 더했지."

"그, 그 말은 네가 나 몰래 연애라도 했다는 뜻?"

열매 눈이 등잔만큼이나 커졌다가 금세 제자리로 돌아왔다.

"그런 기적이 있을 리가 없지. 어쨌든 하나씩 짚고 넘어가겠습니다. 귀하의 가출 동기는 영지처럼 엄마하고의 문제입니까?"

나는 고개를 끄덕였다.

"그럼 그대의 남친에 해당하는 인물은?"

"텔레비전!"

열매는 텔레비전이라는 말을 듣자마자 다짜고짜 가방을 들어 내 품에 안기고는 나를 끌어내려고 했다.

"나한테 텔레비전은 영지한테 그 오빠 이상의 의미라는 거 몰라? 너도 봤잖아, 별거 없는 내 방에서 내가 얼마나 행복해했는지."

그러고는 그 동안 있었던 일들을 낱낱이 다 얘기했다. 내 얘기를 다 듣고도 열매의 표정은 나를 내쫓으려고 했을 때와 별반 달라지지 않았다.

"정신 좀 차려, 진우령. 최악의 경우, 가출 때문에 학생부에 끌려갔다고 가정해 보자. 거기 가서 가출 동기를 엄마가 너하고 상의도 안 하고 텔레비전을 노인정에 줘 버려서라고 할 거야? 그럼 널 재워 준 내 꼴은? 너한테 절박한 게 남한테 웃음거리일 수 있다면, 그건 네가 한번쯤 다시 생각해 봐야 하는 거 아니냐고!"

나는 열매가 이렇게 똘똘하게 얘기할 때면 다른 사람 같아서 한 번 더 보게 된다. 사실 열매 말이 틀린 게 없기 때문에 할 말도 궁했다.

"당장 내일 학교는 어떻게 할 건데?"

"가야지."

나는 가방 안에서 구겨진 교복을 꺼내 손으로 매만졌다.

"교복 챙겨 갖고 가출하는 애는 세상 천지에 진우령 하나뿐일 거다."

"자꾸 하나마나한 소리 할 거면 나, 진경 언니네로 간다."

"그래, 바로 옆집으로 가도 가출은 가출이지."

열매가 빈정거리며 말했다.

"거사 치르느라 배고팠을 텐데 이거라도 먹지."

할 얘기 다 하고 욕할 거 다 하고 나서 찾아온 침묵이 견딜 수 없었는지 열매가 침대 옆에 놓인 과자를 가리키며 말했다.

"잘 밤에 이런 거나 먹으니까 키는 안 크고 옆으로만 퍼지지."

"히히, 이래 봬도 우리 집에서는 장신입니다요."

과자 하나를 냉큼 입에 넣으며 열매가 말했다.

열매네 식구들은 아빠, 엄마, 오빠까지 열매 몸매와 똑같다. 식구라도 어쩌면 저렇게 닮았을까 싶을 정도로. 거기다 느긋한 성격까지 똑같아서, 밤에 불쑥 찾아온 나를 보고도 누구 하나 캐묻거나 야단치는 사람이 없었다. 그러나 오늘따라 그 예의와 여유가 더없이 답답하게 느껴졌다. 딱히 뭐라고 꼬집어 말할 수는 없지만 그냥 그랬다.

"빨리 씻고 와. 벌써 열한 시야. 히야, 너 정말 다양하게 나를 놀라게 한다. 잠옷까진 봐 줄 수도 있어. 근데 이건 뭐야, 설마 베개?"

열매가 내 짐을 뒤지더니 베개를 꺼내 들고 물었다.

"개인의 취향에 대해 시비 걸지 마. 이건 수학여행에도 빠지지 않는 필수품이니까. 잠자리 예민한 걸 내 탓이라고 할 수는 없잖아!"

나는 열매 손에서 베개를 빼앗으며 말했다. 열매가 고개를 젓더니 빨리 씻고 오라고 손짓을 했다.

불을 끄고 누우니 온갖 생각들이 머릿속에서 왔다갔다했다. 엄마는 내가 없어진 걸 언제쯤 알아차릴까? 아침에 방문을 열어 보고는 내가 왜 가출했는지 짐작할 수 있을까? 편지라도 써 놓고 나올 걸 그랬나? 텔레비전 때문에 화가 나서 그런 거지, 엄마가 영지 엄마처럼 통곡하는 건 바라지 않는데……. 혹시 내일 아침 교문 앞에서 날 기다리는 건 아니겠지? 으이그, 머리털 나고 처음으로 감행한 가출인데, 초장부터 왜 자꾸 마음이 물렁해지는 거지? 다음번에는 좀 나으려나?

"엄마 생각하냐?"

열매가 돌아누우며 말했다.

"……."

"솔직히 좀 걱정되지?"

"무슨 소리야! 이번 사건의 피해자는 나라고!"

"만약에 엄마가 텔레비전 사 주면?"

"……."

"그걸 노리고 나온 거 아냐?"

그렇다고 할 수도 없고 그렇지 않다고 할 수도 없어서 나는 또 한 번 대답을 삼켰다.

"빨리 말해! 내가 어떻게 해 주길 바라는지."

열매가 불을 켜며 말했다. 방 안이 갑자기 환해지니 민망해서 열매 눈을 바로 볼 수가 없었다.

"전화…… 한 번만 해 줄래? 내가 하라고 했다고는 하지 말고, 엄마 동태만 좀 살펴 주면……."

그러자 열매가 승자처럼 큰 소리로 웃으며 휴대전화를 들고는 짓궂게 나를 보았다. 나는 더듬거리며 엄마 번호를 불러 주었다.

벨 소리가 꽤 여러 번 울리는데도 엄마는 전화를 받지 않았다. 가슴이 덜컥 내려앉았다. 혹시 휴대전화도 챙기지 않고 날 찾으러 나선 건가?

"혹시 너 나온 것도 모르시는 거 아냐?"

열매가 히죽 웃으며 말하는 순간 엄마 목소리가 휴대전화를 통해 들려왔다.

"여보세요?"

"아, 안녕하세요, 우령이 어머니. 저 우령이 친구 열맨데요."

열매가 긴장한 듯 목소리를 낮추며 말했다.

"그래, 열매구나."

나는 열매 곁에 바짝 다가앉았다.

"예, 혹시 걱정하실까 봐서요. 우령이 저희 집에 있어요. 아까 밤늦게 눈이 퉁퉁 부어서 왔더라고요. 우령이 지금 씻고 있거든요. 그 틈에 몰래 번호 찾아서 전화 드리는 거예요."

계집애가 어찌나 뻔뻔하게 연기도 잘하는지, 나도 몰래 킥 소리가 새나왔다. 열매가 나를 흘겨보고는 전화기에 손을 갖다 댔다. 그러는 바람에 엄마가 뭐라고 하는지 더는 들리지 않았다. 열매는 좀 전보다 더 긴장한 얼굴로 "네, 네." 소리를 연발했다.

"예, 잘 알겠습니다. 안녕히 주무세요."

누가 본다고 열매는 머리 숙여 인사까지 하고는 전화를 끊었다. 좀 전에 전화할 때처럼 여유 있는 표정이 아니었다.

"뭐라는데? 정말 내가 나간 것도 모르고 있어?"

"에라, 이 바보야. 아예 아파트 관리실에서 우리 집으로 가출한다고 방송하고 오지 그랬어!"

열매가 베개로 내 머리를 치며 말했다.

"네가 책상 위에 우리 집 주소 메모한 것 그대로 놓고 왔고, 진경 언니한테도 우리 집에 간다고 나불거렸다며? 너희 엄마가 그러더라, 우리 집에 폐가 안 되면 며칠 여기에 있어도 된다고. 인간아, 가출은 아무나 하니? 넌 안 돼!"

나는 집을 나올 때보다 훨씬 더 비참한 기분이 되었다.

더 이상 열매네 집에 있을 이유가 없었다. 나는 주섬주섬 짐을 챙겨 그 즉시 집으로 돌아오고 말았다. 역사적인 내 첫 가출은 그것으로 끝이었다. 단식이나 가출 정도로는 엄마를 긴장하게 만들 수 없는 게 분명했다.

돌아와 보니 책상 위에는 엄마가 써 놓은 쪽지 한 장이 놓여 있었다.

내일 아침 일찍 출장 갔다 올 거야. 혹시 네가 돌아올지 몰라서 아침은 차려 놓고 간다. 저녁은 진경이 엄마한테 얘기해 놓았으니까 거기 가서 먹어. 너도 나랑 마주치면 민망할 거 아냐?

"포기해라, 아니면 지금부터 축구를 버리고 영혼을 다 바쳐서 야구를 좋아해 보든가. 내가 해 줄 수 있는 충고는 그 말뿐이다."

진경 언니가 내 가출 사건의 전모를 듣더니 한심하다는 듯 내뱉었다.

"말이 돼?"

집에서 옷 수선 일을 하는 아줌마는 다 고친 옷들을 갖다 주러 나가고 진경 언니와 둘이서 저녁을 먹고 있던 참이었다.

"왜 안 돼? 너희 엄마가 그런다고 눈도 깜짝하지 않을 분이라는 건 너도 알고 나도 아는 거잖아!"

"단순히 텔레비전 문제가 아냐. 난 엄마한테 정식으로 사과를 받아야 한다구!"

"원래 목적은 사라지고 명분에만 집착하는 게 전쟁의 허점이지."

진경 언니가 또 알쏭달쏭한 말을 늘어놓기 시작했다.

"알아듣게 얘기해 주면 안 돼?"

"네가 진정으로 뭐 때문에 화가 났는지 네 속을 들여다봐. 단순히 텔레비전만은 아니잖아!"

도통 한마디도 알아들을 수가 없었다.

"공부해서 뭐 하니? 이런 말도 못 알아들으면서……."

진경 언니가 내 표정을 읽고는 한심하다는 듯 말했다.

"으이그, 너나 잘해! 학교 잘 다니는 애 들쑤셔 놓지 말고!"

언제 들어왔는지 아줌마가 언니 등을 후려치며 소리쳤다.

"아, 아파!"

맞는 데 이력이 난 진경 언니였다. 외마디 비명을 지르는 동시에 언니는 바로 식탁 밑을 통과해서 아줌마가 서 있는 반대편으로 나가는 데 성공했다.

"나처럼 팔자 센 년도 없을 거야. 남편이 없으면 딸년이라도 온전해야지……. 내가 너 같은 걸 낳고도 미역국을 먹었다니, 한심하다, 한심해!"

또 분명 누군가 진경 언니 학교 문제를 들먹이며 아줌마 심사를 긁어 놓은 게 분명했다.

"하나마나한 소리 좀 그만 하지. 남편 없는 사람이 엄마뿐이야? 우령이 아줌마는 남편 없어도 씩씩하게만 살더라, 뭐."

언니는 지지 않고 아줌마를 보며 소리쳤다. 그예 아줌마가 빗자루를 들고 언니한테 달려들었다.

"말로 하지, 왜 빽하면 폭력을 써!"

언니가 빗자루를 든 아줌마 손목을 붙들며 소리쳤다. 아줌마는 언니 손에서 벗어나려고 이리저리 몸을 틀었지만, 아줌마보다 한 뼘은 더 큰 언니한테 힘이 부치는 것 같았다.

"네가 말로 해서 알아듣는 물건이야? 집에서 뒹굴더니 기운만 넘쳐 가지고……. 이 손 못 놔? 우령이 엄마가 나랑 같냐? 배운 것도 많고 점잖은 직장도 있고, 뭣보다 다소곳하게 학교 다니는 딸도 있잖아!"

아줌마는 겨우 언니 손에서 벗어나 자유로워지자 다시 빗자루를 휘둘렀다. 언니가 소리를 지르며 우리 집으로 달려갔다. 늘 봐 온 일이라 나는 느긋하게 설거지할 그릇들을 개수대에 놓고 식탁까지 치운 뒤에 아줌마와 언니의 전쟁 후반전을 구경하기 위해 집으로 갔다.

웬만한 일엔 꿈쩍도 하지 않는 아줌마를 흥분하게 만드는 유일한 무기는 진경 언니 문제로 누군가 시비 거는 일이었다. 언니가 학교에 안 간 지 일년이 넘었는데도 아줌마는 어제 일처럼 울컥하며 포기란 걸 모른다. 하긴 동네에서 수재라고 소문난 딸이 하루아침에 학교를 그만두었으니, 아줌마의 충격은 말로 다 할 수 없었을 것이다. 그런 아줌마가 딱해 보여서 억지로라도 고등학교만 졸업하면 안 되느냐고 물으면, 언니 대답은 늘 한결같다.

"엄마만 놓고 생각해도 그게 정답은 아냐. 우리 엄마는 지금 세상 모든 것에 심사가 뒤틀려 있어. 어쩌면 나한테 푸는 걸로 엄마가 버티고 있는지도 몰라. 그나마 지금은 화풀이할 상대라도 있으니까. 아마도 내가 학교에 다니고 있다면 엄마는 우릴 버리고 간 아빠를 용서하지 못해서 계속 누워만 지낼걸. 물론 그런 이유로 내가 학교를 그만둔 건 아니지만 말이야."

언니랑 아줌마가 2차 전쟁터로 지정한 우리 집은 몇 분 사이에 말 그대로 폐허가 되고 말았다. 소파는 뒤집어져 있고, 빗자루에서 떨어진 검불이 곳곳에 붙어 있었으며, 내가 낮에 먹다 남긴 과자들이 바닥에 어지럽게 흩어져 있었다. 언니랑 아줌마가 몸싸움하는 날이 바로 우리 집 대청소 날이라는 걸 깨달은 것도 그 즈음이었다. 느긋하게 싸움 구경할 때가 아니었다. 어떻게든 피해를 최소한으로 줄여야 한다.

언니는 한두 대 맞고 죽을힘을 다해 도망치다가, 갈 곳이 막히면 돌아서서 아줌마 손목을 잡으며 버텼다. 그러기를 몇 번, 아줌마도 언니도 지쳐 보였다.

"동네 창피해서 얼굴을 들고 다니질 못하겠어! 그냥 너랑 나랑 같이 죽자, 죽어!"

언니한테 잡힌 손목을 아줌마가 가까스로 빼내며 있는 힘껏 빗자루를 휘둘렀다. 언니가 몸을 살짝 숙이는 찰나, 힘이 잔뜩 들어간 아줌마의 빗자루가 곧장 엄마 텔레비전을 향해 내려왔다.

"퍽!"

이내 브라운관이 박살났다. 아줌마는 기가 막히고 어이가 없는지 그 자리에 주저앉아 울음을 터뜨렸다.

나는 텔레비전 속이 어떻게 생겼는지도, 아줌마가 아이처럼 엉엉 우는 모습도 처음 보았다.

"무슨 일이야!"

언제 왔는지 엄마가 기함한 표정으로 현관 앞에 서 있었다. 아줌마는 엄마를 보더니 더 큰 소리로 울기 시작했고, 언니는 그런 아줌마를 물끄러미 바라보다가 아무 말 없이 신발을 신었다.

"너 자꾸 힘 뺄 거야? 이거 여기서 떨어뜨리면 수습할 수도 없단 말이야!"

아줌마를 보내고 우리 집 거사가 시작되었다. 대청소. 한다고 했으나 텔레비전을 치우기 전에는 대청소의 의미가 없다는 걸 엄마와 내가 알아차린 건 청소를 시작하고 한 시간이나 지난 뒤였다.

"난 최선을 다하고 있어. 엄마 텔레비전이잖아. 내가 여기서 손 놓는다 해도 엄만 할 말 없다고!"

가뜩이나 내게 쏠린 텔레비전 무게 때문에 쓰러질 지경인데, 엄마는 자꾸 엄한 소리를 해서 내 화를 돋웠다.

집에 힘쓸 사람이 없다는 건 이럴 때 가장 곤란하다. 장정 두 사람도 낑낑댈 정도로 무거운 텔레비전을 엄마와 나 둘이서 해결해야 할 때는 진짜 생각이 많아진다. 우린 담요를 깔고 질질 끌어 계단 앞까지 가서 계단에서만 겨우 텔레비전을 들고 내려갔다.

"네 텔레비전은 나 혼자 처리했잖아!"

"간신히 잊었는데 또 생각나게 한다."

내가 엄마를 흘겨보며 소리쳤다.

"집 나가서 왜 하루도 못 버티고 들어왔는데?"

아직도 내려가야 할 계단이 많이 남았는데 엄마는 내게 자꾸 말을 시켰다.

"엄만 내가 그냥 돌아올 거 알고 있었지?"

"아니. 하루에 열두 번씩 바뀌는 내 마음도 모르는데, 네 마음을 어떻게 아니?"

엄마가 담요 위에 텔레비전을 내려놓으면서 말했다. 우리는 담요 귀퉁이를 끌고 2층 계단 모퉁이를 돌았다.

"진짜 그렇게 말하고 싶어? 엄만 내가 진경 언니처럼 학교에 안 간다고 하면 그러라고 할 거야. 그렇지?"

"그건 그 상황이 돼 봐야 알겠지만, 아마 네 짐작이 맞을걸?"

나는 그 자리에서 텔레비전을 내던지고 싶었다.

"왜, 오늘 진경 엄마가 울며불며 소리치는 게 부러웠니?"

엄마가 내 표정을 살피며 은근한 목소리로 물었다. 나는 대답하지 않았다.

"우령, 진경 엄마가 일년 365일 진경이 때문에 속상해하는 것 같니?"

밑도 끝도 없는 질문에 나는 엄마 얼굴을 쳐다보았다.

"대답해 봐. 진경 엄마가 항상 오늘처럼 울며불며했냐고?"

"그러니까…… 꼭 그런 것만은 아니지."

아파트 새시 문제로 싸울 때, 분리수거 때 빠진 사람들 찾아다닐 때, 억척스럽게 일감 받아 올 때…… 아줌마 모습은 시시각각 달랐고, 그 때는 아까 진경 언니 때문에 죽고 싶다던 얼굴은 분명 아니었다.

"근데, 그게 뭐!"

"네가 부러워하는 진경 엄마도 하루는 딸 때문에 울었다가, 하루는 사람들과 싸웠다가, 또 하루는 노래방에 가서 신나게 놀기도 하면서 사는 거라고. 네 생각처럼 딸을 위해 언제나 희생하는 그런 엄마는 아니란 말이지. 또 그게 꼭 좋은 것도 아니고."

숨을 헉헉대면서도 엄마는 하고 싶은 말은 다 하고야 만다.

"아줌마 얘기 그렇게 하면 엄마가 좀 나아 보여? 그러는 엄마는 아줌마처럼 딸 때문에 속상해서 울어 본 적도 없잖아!"

한 층에 여덟 개인 계단이 한도 끝도 없이 늘어져 엄마와 나 사이처럼 멀기만 했다.

"말 참 이상하게 하네. 나도 나름대로 최선을 다하는 엄마라고."

"엄마가 나 때문에 야구 경기를 포기해 봤어, 시험이라고 나 공부 마칠 때까지 안 자고 기다려 준 적이 있어? 아니, 내가 텔레비전만 본다고 외할머니처럼 전원 스위치라도 뽑아 본 적 있냐고!"

일층 현관 앞에 거의 내던지다시피 텔레비전을 내려놓으며 내가 소리쳤다.

"야, 넌 외할머니 같은 엄마를 두지 않아서 네가 얼마나 자유롭게 지내는지 모르지?"

"몰라. 적어도 외할머니는 딸이 가출했는데 며칠 더 있다 들어와도 된다는 말은 안 했겠지."

"그건 맞아. 하지만 집에 들어와서 무사할 수 있을지는 장담 못하지."

"그래도 엄마는 자기 인생에서 딸이 최고라고 여기는 외할머니가 있었잖아."

"뭐 그건 사실이지. 대신 너는 네가 하고 싶은 말 따박따박 다 퍼부어 댈 수 있는 엄마가 있잖아!"

"그게 그거랑 같아?"

"다르지. 하지만 나도 하고 싶은 거, 너 때문에 못하고 지내는 게 얼마나 많은 줄 알아?"

"내 핑계는 왜 대? 다르게 살고 싶었는데 나 때문에 그러지 못했다는 거야? 내가 뭐라고 그랬는데!"

"흥분할 거 없어. 넌 나 때문에 피해를 본 것처럼 말하지만, 그렇게 따지면 나도 그럴 수 있다는 말이니까."

엄마는 혼자 담요 귀퉁이를 끌고 현관 밖으로 나갔다. 나는 그 자리에 꼼짝도 하지 않고 서서 엄마를 바라보았다. 비틀대고 낑낑거리면서도 엄마는 끝까지 담요 자락을 놓치지 않았다. 수위 아저씨가 도와주겠다고 하는데도 엄마는 고집스레 버텼다.

"아줌마, 엄마가 텔레비전 값 드린다는데요!"

진경 언니가 아파트 현관까지 내려와 엄마 뒤통수에 대고 소리를 질렀다.

엄마는 큰 가구 버리는 딱지를 붙이고 먼지를 털며 돌아섰다.

"텔레비전 값 받고 싶지만, 지금 우리 집은 텔레비전 한 대 갖고는 안 되거든. 나한테 한 대 더 살 돈 생기면 그 때 가서 받겠다고 엄마한테 전해, 알았지?"

진경 언니가 냉큼 "네." 하고 대답하고는 계단을 뛰어 올라갔다.

"각자 상황이 다를 뿐이지, 일방적으로 한 사람만 피해 보는 경우는 거의 없다는 말이야, 알았어? 분명히 말하는데, 난 외할머니나 신사임당 같은 엄마 될 생각 없어! 너랑 나랑 사는 이 집에서 딱 진우령 엄마만큼만 살 거니까."

엄마가 내 어깨를 툭 치며 올라갔다.

"당분간 텔레비전 없이 살 거니까 피장파장인 거, 맞지?"

텔레비전을 내려놓아 가뿐해진 엄마의 발소리가 나를 더욱 혼란스럽게 했다.

3. 선전 포고

한 나라가 다른 나라에 대해 전쟁을 시작한다는 것을 공식적으로 알리는 일.

"오호호호, 얘들 말하는 것 좀 봐. 내가 뭘 어쨌다고."

영채의 웃음에는 쇳조각 같은 게 박혀 있는지도 모른다. 한 옥타브 올라간 웃음소리 끝에선 언제나 섬뜩한 칼날 같은 게 느껴진다. 아, '언제나'라는 말은 틀렸다. 영채 웃음소리가 내 심기를 건드리기 시작한 건 한 달 전부터라는 말이 정확하다.

내 눈은 자연스레 열매를 찾았다. 아니나다를까, 열매는 영채네로부터 들려오는 소음을 못 들은 척 연습장을 뒤적이고 있었다. 어떻게 해서든지 영채 눈에 띄지 않으려는 의도적인 몸짓이었다.

와그르르. 아이들 웃음 틈으로 열매 어쩌구 하는 말이 들렸다. 또, 또 저것들이……. 조용히 좀 하라고 한마디 하려는데 열매의 간절한 눈빛이 나를 잡는다. 그런 열매 때문에 나는 다시 한 번 울컥했다.

하긴 열매의 간절한 눈빛이 없다 한들 내가 천하무적 영채와 맞장 뜰 수 있을까? 한두 달 만에 어느 누구도 무시할 수 없을 정도로 막강 세력이 된 영채와?

교정 화단에 목련이 탐스럽게 피어 있을 때까지만 해도 내 기억에 영채는 없었다. 눈앞에 알짱대는 그 순간이 지나면 금세 잊고 마는 내 천성에다가 한 번 보면 절대 안 잊는 열매 기억력에 얹혀 지내다 보니, 누군가를 바로 못 알아본다고 해서 특별히 불편할 일이 없었다. 나중에 들은 열매 증언이지만, 나한테 영채에 관해서도 몇 번이나 얘기했다는 것이다.

내가 처음으로 영채를 기억하게 된 날은 중간고사가 끝나고 첫 국어 시간이었다.

처음 본 시험 결과로 교실 분위기가 어수선하기 짝이 없는데, 국어 선생님이 다른 때와 달리 활짝 웃으며 교실 문을 열었다.

"국어 시험, 너무 어려웠어요!"

"쉽게 내신다고 했잖아요!"

죽상이 된 아이들의 항의에도 불구하고 선생님은 생글생글 웃으며 손가락을 입술에 댔다.

"자, 자, 그만 진정들 하고! 내가 시험 전에 그랬지, 자기가 뭘 틀렸는지 그걸 정확하게 아는 게 훨씬 더 중요하다고. 이미 나온 점수에 대해서 왈가왈부하는 것처럼 어리석은 건 없어.

그러는 사이에도 기말고사 날짜는 또 다가오고 있으니까 말이야."

선생님은 중간고사 끝나자마자 기말고사 다가온다는 한 문장으로 아이들 입을 가볍게 막아 버렸다.

"그렇다고 내일 바로 기말고사 보는 건 아니잖아? 곧 체육대회와 수학여행도 있을 테고 말이야. 그건 그렇고, 오늘 정말 반가운 손님이 나를 찾아왔는데, 특별히 여러분한테 소개해 주려고 모시고 왔지. 자, 어서 들어와."

선생님 손짓에 한 언니가 교실 안으로 들어왔다.

"외고 교복이다."

누군가 특목고 교복을 한눈에 알아봤고 교실 안에는 약간의 출렁거림이 있었다.

"작년에 졸업한 내 제자야. 내가 이 반 담임도 아닌데, 가장 아끼는 제자를 왜 데려왔냐 하면……."

"권영채 언니라서요?"

열매가 재빠르게 소리쳤다.

아이들 시선이 일제히 영채한테로 모이자 영채는 부담스러운 듯 고개를 숙였다.

"권영채가 은채 동생이었어? 놀라운걸. 그럼 권민채, 권은채, 권영채 이렇게 세 자매?"

선생님이 영채와 영채 언니를 번갈아 보며 묻자, 언니 역시 부담스럽다는 듯이 고개를 끄덕였다.

"그러고 보니 좀 닮은 것 같기도 하고……. 어쨌든 오늘은 영채 언니 자격이 아니라 너희들 학교 선배 자격으로 온 거니까, 모두 환영의 박수!"

나는 우레와 같은 박수 소리 속에서도 동상처럼 꿈쩍도 하지 않는 영채를 바라보았다. 뾰족한 인상이 닮은 것 같기도 하지만 전체적인 분위기로는 지적인 은채 언니와 수더분한 동생 영채, 그 둘이 자매라는 사실이 좀 뜻밖이었다.

"권은채입니다. 오늘이 저희 학교 개교기념일이에요. 스승의 날도 다가오고 해서 겸사겸사 찾아왔는데, 여기까지 오게 되었어요. 선생님이 여러분에게 도움이 될 만한 얘기를 하라는데 무슨 얘기를 해야 하지요?"

똑 부러지게 생긴 은채 언니가 선생님을 보며 난감한 표정을 지었다. 아이들은 그 표정마저도 부러움 반 시샘 반 섞인 눈길로 지켜보았다.

"은채답지 않게 뭘 주저해? 졸업한 선배가 첫 중간고사를 본 후배들에게 해 주고 싶은 말 없어? 이 교실에 있는 후배들 모두 영채 같은 동생이라 생각하고 편하게 얘기하면 되잖아?"

"제 동생이라면 절대로 말로 안 하지요."

은채 언니가 살짝 주먹을 들어 보이며 말했다.

나름 긴장하고 있던 아이들에게서 웃음소리가 쏟아져 나왔다.

"언니랑 동생이랑 많이 다른 것 같아요. 은란여중 전설의 수재라더니 그 말이 실감나요!"

열매가 또 주책없이 불쑥 끼어들었다.

왁자하게 웃는 아이들 틈으로 귓불까지 붉어진 영채의 얼굴이 보였다. 왜 자꾸 쟤가 불편하게 걸리는 거지?

그 날 은채 언니가 다녀가고 난 뒤에 우리 반에는 많은 변화가 있었다. 종일 교실에는 전설의 수재라는 은채 언니의 이야기가 떠다녔다. 입학할 때는 그다지 뛰어난 성적이 아니었는데도 일등으로 졸업했다는 얘기는, 헛되든 헛되지 않든 아이들에게 희망을 주기에 충분했다. 그 뒤에 들어오는 선생님마다 권민채, 권은채 동생이 누구냐고 묻고는, 영채의 두 언니에 얽힌 이야기 한두 개씩은 풀어 놓고 수업을 시작했다. 심지어 올해 이 학교에 처음 부임해 온 담임선생님마저 영채가 말로만 듣던 권은채 동생이라니 솔직히 다시 보인다는 말을 서슴지 않고 했다.

"전설의 위력이 실감나지 않냐? 나도 그런 언니 하나 있으면 좋겠다."

열매가 주섬주섬 가방을 싸는 영채를 가리키며 부러운 듯 말했다.

"언니 둘 다 워낙 잘나가서 영채 꽤 힘들지 않았을까? 집에서도 그럴 텐데 선생님들마저 은채 동생 어쩌고 하니 얼마나 피곤하겠어? 나는 왜 그 동안 영채가 자기 입으로 언니 얘기를 안 했는지 이해할 것 같은데."

생각 없이 내뱉은 말이 영채 귀에까지 들린 모양이다. 언니 일로 종일 시달린 영채가 잠시 나와 눈이 마주쳤다. 순전히 내 짐작이긴 하지만, 넌 알고 있었구나, 하는 고단한 표정이었다.

"들어오는 선생님들마다 알아봐 주고 언니들이 도와주는데 뭐가 피곤해? 오늘 하루 우리 반 실시간 검색어 일위가 바로 영채잖아. 권은채 동생이라는 거 하나만으로도 선생님들 태도가 확 달라지던데, 뭘."

열매의 빈정거림에 나는 반응하지 않았다.

가방을 싸다 말고 창밖을 보는 영채의 시선 끝에 시든 목련 꽃 하나가 가지째 떨어졌다.

나는 사람이 하루아침에 달라진다는 말을 믿지 않는다. 자기도 감지하지 못하는 동안 가랑비에 옷이 젖는 것처럼 조금씩 변하는 거라고 생각해 왔다. 하지만 그 변화의 처음과 끝을 비교해 보면 하루가 걸렸든 일년이 걸렸든, 그 시간과 상관없이 얼마든지 사람을 기함하게 만들 수 있다는 사실을 처음 알았다. 영채의 경우가 그랬다.

그 날 영채의 고단한 표정은 지금도 선명하게 떠오른다. 그건 잘난 언니들의 존재에 이리 치이고 저리 받친 막내의 상처 같은 거였다. 그러나 나는 그 날 이후 그 표정을 다시 보지 못했다.

중간고사 이후 영채가 해 온 기가 숙제는 우리 반 수행평가 최고 점수를 받았다. LPG, 가솔린, 등유, 경유, 중유 따위 원유 정제 방법을 조사해 오라는 숙제였는데, 영채는 정유 회사까지 직접 찾아가서 해 온 것이다. 영채 숙제는 선생님이 다른 반에 표본으로 들고 갈 정도로 완벽했다. 영채 주변에 사람들이 모이면서 영채의 한마디가 시험 답안지처럼 아이들 입에 오르내리기 시작했다.

"기가 선생님은 직접 발로 뛰어서 해 온 자료에 약하다고 언니가 그러더라고."

영채는 아이들이 적극적으로 관심을 보이자 무척 당황한 듯했다. 연방 땀을 닦으며 그 얘기만 겨우 전할 뿐이었다.

영채의 수행평가 결과에 반신반의하는 아이들은 뒷걸음질 치다가 개구리 밟은 격이라며 어쩌다 선전한 것뿐이라고 애써 의미를 두지 않으려는 기색도 역력했다.

그러나 기가 수행평가를 필두로 과목마다 영채가 해 온 숙제는 빛을 발했다. 가끔 선생님이 난해하게 얘기해서 아이들 모두 엉뚱하게 이해하고 있을 때에도 영채는 그 의도를 정확하게 파악하고 숙제를 해 왔다. 그러고는 교과 과정을 백 퍼센트 이해하는 언니 덕을 보았다는 것도 점차 숨기지 않았다.

숙제뿐만이 아니었다. 과학 실험 시간에는 은채 언니가 정리해 준 내용을 갖고 있던 영채네 조만 실험을 마치고 보고서까지 완벽하게 제출했다.

그리고 중간고사 성적 발표 날. 아이들은 자기 성적보다 영채 성적에 더 깊은 관심을 보였다. 반에서 13등, 1학년 전체에서 107등. 뛰어난 성적은 아니지만 묘하게 은채 언니가 첫 시험을 치르고 받았다는 반 등수와 일치했다. 물론 그 사소한 우연에 의미를 부여한 건 영채 주위의 아이들이었다.

처음에 반신반의하던 아이들도 다음 수행평가 때가 되자 너도 나도 영채한테 몰려들었고, 서서히 예고된 지각 변동이 시작되었다.

운 나쁘게도 지각 변동의 첫 제물은 열매였다.

체육 실기 수행평가 때 영채 점수가 우리 반에서 가장 높게 나왔다. 영채가 뜀틀을 잘하기는 했지만, 그보다 더 잘하고도 점수가 안 나온 아이가 있다는 게 문제였다. 체육 시간마다 권은채 동생이라며 챙겨 주던 체육 선생님의 태도도 의혹을 더하는 데 한몫 거들었고.

쑥덕거리는 아이들과 영채한테 내색하지 않으려는 아이들 틈에서 눈치 없는 열매가 그냥 넘어갈 리 없었다.

"치, 대놓고 예뻐하지 말든가, 점수를 눈치껏 주든가 할 것이지……. 영채 너도 안됐다. 실기 잘하고도 은채 언니 덕 봤다는 소리 듣게 생겼으니까."

"그러니까 그 말은, 내 점수가 우리 언니 때문에 잘 나왔다는 거야?"

얼음이라도 깰 것처럼 쨍한 영채 목소리에 당황한 건 오히려 열매 곁에 서 있던 나였다.

"뭐, 전혀 근거 없는 소린 아니잖아? 서래가 체조 선수처럼 뜀틀 넘을 때 우리 모두 기립 박수 쳤잖아! 넌 안 쳤니?"

이런 말을 할 때는 열매가 일부러 그러는 건지 아니면 상황 판단이 안 되어서 그러는 건지 나도 종잡을 수가 없다.

영채 눈에서 불꽃이 튀었다.

"그래, 그럼 수업 끝나고 너 나랑 체육 선생님한테 가서 물어보자. 진짜로 나 때문에 서래가 피해를 본 건지, 물어보면 알 거 아냐!"

"피, 체육 선생님이 그럼 그렇다고 하겠니?"

갈수록 태산이라더니……. 어쨌든 대화가 불가능하다고 판단한 영채가 열매한테 새되게 쏘아붙이고 돌아섰다.

"앞으로 조심해!"

"재 언제부터 목소리랑 표정이 저렇게 달라졌지? 아니, 재 혹시 자기가 전설의 수재라고 착각하는 거 아냐?"

교실로 향하던 영채가 잠시 멈추는가 싶더니 뒤돌아보지 않고 그냥 교실로 들어갔다. 그 날은 거기에서 끝이었다.

"으이그, 대놓고 그런 소리 해야겠어? 나라도 기분 나쁘겠다."

"내가 뭘! 너도 알다시피 나는 불의를 보면 피가 거꾸로 솟는 사람이잖아!"

천하태평 신열매, 어쩐지 나는 앞으로 벌어질 상황이 그냥 불길하기만 했다.

결정적인 사건을 내가 확인하지 못한 건, 장염 때문이었다. 그것도 하필 수학여행 사흘 전 새벽에 응급실에 실려 가는 일이 생긴 것이다. 그래도 수학여행에 가겠다고 고집을 부렸지만, 의사 선생님과 엄마는 가만히 고개만 저었다.

하루 입원하고, 하루 결석하고, 수학여행 2박 3일, 그리고 주말…… 결국 나는 일주일을 꼬박 집에 있어야 했다.

열매는 수학여행 가서 내게 문자를 두 번 보냈다.

우렁각시, 나 괜히 왔나 봐.

우령아…… 보고 싶어!

그 때는 열매가 아픈 나를 두고 간 게 마음에 걸려서 보냈거니 생각했다.

그렇게 사기 치면 설악산에서 벼락 맞는 수가 있어. 벼락이 두려우면 양심껏 놀다 와!

내 문자를 보며 키득댈 열매를 떠올리며 혼자 즐거워했다.

일주일을 꼼짝도 못하다가 학교에 가려니까 입학식 날처럼 어색하면서도 설렜다.

"어이구, 일주일 펑펑 놀고 나니 블라우스가 터지려고 하네. 우령, 학교에서 괜한 일에 힘주지 마! 단추 터질라."

교복을 입고 나서는 나를 보고 엄마가 놀렸다.

"오늘 저녁부터 다이어트에 돌입할 거니까, 뼈만 남아도 엄만 상관 마!"

교실에 들어서자 아이들은 수학여행 다녀온 이야기를 나누느라 여념이 없었다. 5월 햇볕에 적당하게 그을린 아이들 얼굴을 보니 즐거운 수학여행에 혼자 빠진 것이 새삼 아쉬웠다. 장기 자랑 때 어느 선생님 활약이 대단했는지, 엄중한 경계를 뚫고 새벽에 편의점에 다녀온 무용담, 누구 잠버릇이 고약해서 잠을 이루지 못했다는 이야기 등……. 짐작은 했지만 짐작이 사실로 확인되는 순간마다 속상했다.

아이들은 일주일 만에 나온 나를 보고는, 파리한 게 아직 병색이 돈다는 둥, 얼굴이 뽀얗게 살이 올랐다는 둥, 수학여행 재미있었는데 빠져서 쌤통이라는 둥 어색하지 않게 나를 맞아주었다. 다른 세상에 뚝 떨어져 있다 온 느낌에 잠깐 머리가 어질했다. 그러면서도 뭔가 빠진 기분, 그래, 열매가 보이지 않았다. 가방을 보니 분명히 온 것 같은데…….

조회 시간이 다 되어서 나타난 열매는 내게 가벼운 눈짓만 건네고는 자기 자리에 앉았다. 핼쑥해진 얼굴에 웃음기라고는 전혀 없이 불안하게 주위를 살피며 책상 위에 엎드리는 열매는 내가 알던 열매가 아니었다.

수학여행에서 무슨 일이 있었다는 걸 알아차린 건 그 때였다. 휑한 열매 주위도 그렇고, 그런 열매를 철저하게 무시하는 듯한 아이들 태도도 그랬다. 또 하나, 풀기 없는 열매를 만족스러운 눈으로 바라보는 영채…….

'괜찮은 거야? 무슨 일 있었지?'

그 한마디를 위해서 쉬는 시간이 되기를 그토록 기다린 적도 없었을 것이다.

종이 울리자마자 열매에게 가려는데 소은이와 주연이가 다가왔다.

"아픈 건 다 나았니?"

"어? 어."

별로 친하지 않았던 아이들이 갑자기 살갑게 물어보니 당황스러웠다.

"다행이다. 수학여행에서도 내내 걱정했어. 우리 문자 받았지?"

"문자? 아, 그게 너희가 보낸 거였구나. 난 누가 장난쳤거나 잘못 보낸 건 줄 알았지."

열매한테 문자 보내고 답장이 오길 기다리고 있는데 낯선 번호의 문자가 떴었다.

함께 왔으면 좋았을 텐데, 돌아가서 좋은 소식 전하마.^^

밑도 끝도 없는 내용이라 누구냐고 묻지도 않고 지워 버린 문자였다.

"야, 섭섭하다. 내 번호인 줄 몰랐다는 거잖아! 난 네 번호 저장해 놓았는데."

소은이가 콧소리를 내며 말했다.

"미안. 내가 그런 면에서 좀 게을러서……."

갑작스레 친한 척하는 아이들의 의중을 종잡을 수가 없어서 나는 거의 횡설수설해 댔다.

"점심시간에 등나무 아래에서 잠깐 볼래? 중요한 얘기가 있어."

"그, 그래. 그리로 갈게."

아이들이 돌아가고 나서도 한참 동안 머릿속이 복잡했다. 영채와 친한 아이들이 나한테 무슨 볼일이 있는 거지? 열매를 '따' 시키겠다는 의도? 생각할수록 치졸했다. 수학여행에서 있었던 일, 결과는 확연한데 가운데 토막을 알 수 없어서 답답하기만 했다. 문득 열매가 나를 바라보고 있다는 걸 알아차렸다. 예전에는 데굴데굴 즐겁기만 하던 열매 눈빛이 텅텅 비어 있었다.

둘째 시간이 끝나자마자 나는 열매한테로 갔다.

"무슨 일이야?"

"뭐, 뭐가."

열매 눈빛이 다시 흔들렸다.

"수학여행 다녀와서 너 아주 다른 사람이 되었잖아! 나한테 뭐 할 말 없어?"

열매는 대답 대신 고개만 저었다. 지금이 털어놓기에 적당한 때가 아니라는 걸 알면서도 나는 슬슬 화가 치밀었다.

"너, 진짜 말 안 할 거야?"

쇳조각 섞인 영채의 웃음소리가 갑자기 커진 건 우연이었을까? 아예 영채 아지트가 된 교실 뒤편이 소란스러웠다.

"우령아, 머리가 아파서 그래. 좀 누워 있으면……."

열매가 다시 책상 위에 엎드렸다. 눈이 토끼 눈처럼 발갛게 된 채.

점심시간까지 어떻게 기다렸는지 모르겠다. 머릿속에 별별 상상을 다 담고는 영채네와 제대로 한 판 붙을 작정이었다.

등나무 아래에는 예상대로 소은이와 주연이 그리고 영채가 기다리고 있었다.

"우령아, 어서 와!"

세 아이들이 번갈아 손을 흔들며 나를 맞았다.

"할 얘기가 뭐야?"

나는 최악의 경우 일 대 삼으로 싸워야 한다는 각오 아래 퉁명스레 말을 건넸다.

"너 입원했다는 소리 듣고 우리가 얼마나 걱정했는지 알아? 게다가 수학여행도 빠지고……."

"걱정해 줘서 고마운데, 할 얘기는……."

"아, 그거……. 우리가 기말고사 대비 공부 모임을 만들려고 하는데, 너도 들어오라고."

소은이가 말했다.

"기말고사 대비 모임? 뭔지 되게 거창하네."

영채네가 뭘 원하는지 그제야 대충 그림이 그려지기 시작했다.

"아냐, 그냥 모여서 시험 공부나 하자는 뜻인데, 애들이 괜히…….”

영채가 어색하게 웃으며 손을 저었다.

“끼워 준다니 고맙긴 한데, 난 원래 누구랑 같이 공부한 적이 없어서 말이야.”

고작 누구랑 같이 공부한 적이 없어서라니, 차라리 말을 말든가……. 진우령, 네가 그렇지…….

“가 보면 생각이 달라질걸. 영채네 집에 언니들이 공부했던 시험지랑 오답 노트가 장난 아니게 많아. 그것만 공부해도 벅찰 만큼…….”

영채가 새치름하게 눈을 치뜨자 주연이가 하던 말을 삼켰다.

“싫으면 안 해도 돼. 모여서 공부하면 네 말처럼 그렇지, 뭐.”

영채가 금세 표정을 풀며 말했다.

딱히 할 말도 없고 해서 나는 얘기해 줘서 고맙다는 의례적인 인사를 하고 돌아섰다. 우선 열매를 만나야 할 것 같아서였다.

“혹시 열매가 끼면 달라질 수도 있는 얘기니?”

어느새 쫓아왔는지 영채가 바로 뒤에서 내게 물었다.

열매를 끼워 주겠다고? 이런 공격적인 발언은 전혀 예상하지 못했는걸?

“네가 열매 싫어하는 건 다 아는 사실인데, 그러면서까지 나를 끼워 넣으려고 하는 속셈이 뭐야?”

잔머리와 아이큐의 밀접한 관계를 다시금 절감한 내가 선택한 유일한 질문이었다.

"속셈? 난 그런 거 없는데……. 네 말처럼 열매는 싫지만 걔 때문에 안 들어오는 거라면 그 정도는 양보할 수 있다는 말이었어. 그 다음은 네가 상상해 보든지."

솔직해도 너무 솔직한 대답에 나는 할 말을 잃었다.

"가서 물어봐! 열매한테 우리랑 같이 공부하겠느냐고."

영채가 싱긋 웃으며 돌아섰다.

그 여유로운 태도에 뼛속까지 소름이 오소소 돋는 것 같았다.

"너, 진짜 수학여행에서 무슨 일이 있었는지 말 안 할 거야?"

내가 넋 놓고 앉아 있는 열매 어깨를 건드리자 열매가 화들짝 놀랐다. 점차 병자가 되어 가는 듯했다.

"할 말 없어."

"그래? 그럼 나도 더 이상 네 문제에 신경 안 쓸 거야!"

나는 내 자리로 돌아왔다. 이런 식으로 흥분하는 건 나한테 정말 어울리지 않는 일이었다. 내가 무슨 정의의 사도도 아니고, 무엇보다 남의 일에 간섭하지 말자는 내 인생 철학에도 어긋나는 일이었다. 아니, 다른 말은 필요 없다. 이건 전적으로 열매가 해결해야 할 열매 몫의 일이니까.

그렇게 결론을 내려 놓고도 나는 불쑥불쑥 튀어나오는 내 감정을 주체하지 못했다. 열매 교과서가 찢어진 채 사물함에 처박혀 있을 때도 그랬고, 수업 시간표 바뀐 걸 모둠 아이들이 전해 주지 않아서 열매가 혼자 헤매다 겨우 음악실에 찾아온 날도 그랬다.

열매는 길길이 뛰는 내 손을 잡으며 간절하게 애원했다.

"비겁하다고 해도 좋아. 그런데 나 여기서 더 떨어지고 싶지 않거든. 가만있으면 언젠가는 제풀에 지칠 거야. 제발…… 우령아."

그런 내가 하수라면 영채는 고수임에 틀림없었다. 어떤 일이든 영채가 전면에 드러나는 적은 한 번도 없었으니까. 그저 영채 눈치를 살피는 아이들만 이리저리 바람 잡으며 열매를 못살게 굴었다. 그러나 그 중심에는 언제나 영채가 있다고 나는 믿었다. 어떤 얘기든 영채 입을 거치기만 하면 그 얘기에 무게가 실렸다. 사실이든 거짓이든 중요하지 않았다. 영채가 관심을 갖는다는 게 중요했다. 나 역시 영채의 영향력을 인정할 수밖에 없었다. 사실 더 두려운 건 영채를 둘러싼 아이들의 단순한 반응이었다.

기말고사 기간이 다가오자 교실 안은 전시 상황을 방불케 했다. 과목마다 들어온 선생님들이 귀에 딱지가 앉도록 시험의 중요성을 얘기했다.

"실감이 잘 안 나겠지만, 너희 인생을 좌우하는 건 백점이 아니라 겨우 1점이라는 사실을 잊지 말도록. 백점이야 무조건 1등인데 좌우할 게 뭐가 있겠어? 내신 때문에 피가 마른다는 말 있지? 그 말은, 고만고만하게 비슷한 너희들의 점수가 겨우 1점 차이로 상위 몇 퍼센트에서 밀려날 때에야 비로소 피부에 확 와 닿을 거다. 소 잃고 외양간 고치는 것처럼 어리석은 짓은 없어. 연습은 중간고사로 충분했을 테니 지금부터는 다들 긴장하도록! 알았지?"

그러나 담임선생님 엄포에 비하면 그 정도는 약과였다. 선생님은 새로 부임한 학교에서 처음으로 맡은 학생들의 성적에 마치 자기 인생의 모든 것을 건 것처럼 우리를 닦달했다. 시험 열흘 전부터 우리 반 아이들은 상담실에 불려 가 개인 면담을 했다. 선생님은 예상 평균 점수와 등수를 적게 하고, 그 성적에 미치지 못할 경우 우리 스스로 벌칙도 정하게 했다. 자습 시간에 분위기를 흐리는 아이는 가차 없이 손바닥을 맞았다. 선생님만 떴다 하면 아이들은 숨소리까지 죽여야 할 지경이었다. 우리는 점점 기말고사 결과가 우리 운명을 결정지을 거라는 사실을 인정하게 되었다.

그나마 마음 편한 선생님도 있었다. 미국에서 중학교를 다녔다는 영어 선생님은 시험 때문에 스트레스 받는 우리를 진심으로 동정했다. 그렇다고 우리가 영어 선생님을 좋아하는 건 아니었다. 그 동정은 우리와 전혀 관계없는 배부른 소리였다. 선생님의 태도가 호의적이든 아니든 우리 사이에서 선생님들은 공식적인 왕따였다.

영채는 아이들과 또 다르게 스트레스를 받았다. 중간고사

이후 권은채 동생이라는 사실이 밝혀짐과 동시에 눈에 띄게 수행평가 점수가 좋았던 터라, 선생님들은 전설의 수재 동생에 대한 기대를 감추지 않았다. 한동안 여왕벌처럼 군림하며 여유 부리던 영채 얼굴이 그 때만큼은 딱딱하게 굳어졌다.

기말고사 기간은 중간고사보다 하루가 더 늘어 나흘이었다. 하루에 두 과목이라서 부담이 줄었다고 좋아하는 아이들도 있었으나 나는 아니었다. 시험지를 받아 들었다가 몰라서 백지로 낸다 해도 하루에 다 치르는 게 좋았다. 시험 공부보다 나흘이라는 기간 때문에 나는 더 지쳤다. 게다가 엄마라는 사람은 시험이라는 걸 뻔히 알면서도 시험 마지막 날 아침에 미역국을 내밀었다.

"왜, 시험 망치라고 아예 고사라도 지내지?"

"시험 때문에 스트레스 많이 받는 것 같던데……. 성적 떨어지면 네가 핑계 댈 거라도 있어야 하지 않겠어?"

엄마가 빙글빙글 웃으며 나를 약올렸다.

"또 인상 쓴다. 진우령, 미역이 얼마나 피를 맑게 해 주는데……. 그런 건 다 미신이니까 얼른 먹고 시험이나 잘 봐. 우리 딸, 파이팅!"

영어와 한문 시험, 사흘간 본 과목보다 비중이 낮은 것도 아닌데, 마지막 날이라서 그런지 아이들도 좀 느슨해진 것 같았다.

셋째 날까지 영채가 시험 잘 봤다는 소문이 교실 안에 파다하게 퍼졌다. 전설의 수재인 언니 둘이 기출 문제를 뽑아 주고 서술형 문제에 답을 쓰는 방법까지 전수해 준 것이 적중했다고 아이들은 부러워했다.

나는 첫날부터 답안지 맞춰 볼 엄두가 나지 않았다. 불 보듯 뻔한 점수. 어차피 꼬리표가 나오면 바로 알 텐데 미리부터 기죽어 지내기도 싫었다.

드디어 기말고사 마지막 시험 시간이 되었다. 한 달 전 시험 범위를 발표할 때부터 한문 선생님은 문제의 반 이상을 주관식으로 내겠다고 엄포를 놓았는데, 시험지를 받아 보니 한숨이 저절로 나왔다. 오 분밖에 안 남았는데 나는 주관식 문제에 네 개나 답을 쓰지 못했다.

"너, 뭐 하는 짓이야!"

갑자기 감독 선생님 목소리가 귀를 때렸다. 아이들이 일제히 고개를 들었다. 선생님은 답안지 한 장을 뺏어서 붉은 펜으로 가위표를 그었다. 아이들은 영문을 몰라 웅성거렸다.

"떠드는 놈들은 다 부정행위 한 걸로 간주한다."

교실 안에 냉기가 감돌았다. 선생님이 시험 감독으로 들어온 어머니에게 마무리를 맡기고 교실을 나갔다. 그 뒤로 고개를 숙이고 좇아 나가는 아이는…… 틀림없는 권영채였다.

시험이 끝나고 종례 시간에는 옆 반 선생님이 들어왔다. 당연히 영채도 없었다. 담임선생님이 못 들어온 걸로 봐서 상황이 생각보다 심각한 모양이라고 아이들이 수군거렸다.

"도대체 왜 그런 거래?"

"잘 모르겠는데, 시험 기간 내내 안절부절못하더라고."

"뭘, 언니들 오답 노트 들고 다니면서 잘난 척한 게 누군데."

"어제까지 본 시험은 엄청나게 잘 봤다면서?"

"혹시 그것도 커닝한 거 아냐? 한문 시간에는 아예 쪽지를 놓고 베꼈다면서?"

아이들 얘기는 끝도 없이 이어졌다. 영채와 친한 소은이와 주연이도 아이들 틈에 끼어 있었다.

나는 열매와 함께 집에 가려고 교실을 나왔다.

"신열매, 진우령!"

아이들 몇 명이 우리를 불렀다.

"시험 끝났는데 우리랑 노래방 갈래?"

"나도?"

열매가 얼떨떨한지 손가락으로 자기를 가리키며 되물었다. 한두 달 동안 영채와 그 무리들로부터 철저하게 무시당해 온 열매의 당연한 반응이었다.

"그래. 시험도 끝났는데, 영화를 볼까 옷 사러 갈까 궁리하다가 기분도 그렇고 해서 노래방에나 가려고. 같이 가자."

영채 사건이 없었으면 벌어지지 않았을 일이라 나는 별로 내키지 않았다.

"우령아, 가자."

열매가 속없이 내 손을 잡아끌었다.

밤새 잠을 설친 탓에 머리가 무거웠다. 꿈속에서 영채의 고단한 표정을 본 것도 같고 영채가 머리를 쥐어뜯으며 바닥에 뒹군 것도 같았다. 어제 아이들이 떠들던 말이 뒤섞여서 떠올랐다.

'이제 걔 어떻게 얼굴을 들고 다니냐?'

'커닝했단 말이 삼 년 내내 꼬리표처럼 붙어 다닐 텐데, 혹시 팔목이라도 긋는 건 아니겠지?'

집을 나서는데 비가 내렸다. 우산 가지러 올라가기 귀찮아서 그냥 맞기로 했다. 가는 빗줄기는 눅눅하기만 할 뿐 시원하지 않았다.

'맹하게도 뿌리네. 내리려면 좀 좍좍 내리지.'

학교에 도착했을 때에는 머리끝에서부터 발끝까지 홀딱 젖어 있었다. 잠도 제대로 못 잔데다가 비까지 맞고 나니 몸이 으슬으슬 춥고 머리가 띵했다. 거기다 열매가 얻어 온 감기약을 먹고 나니 속이 다 메슥거렸다.

영채 얘기는 하루가 지났는데도 수그러들지 않고 아이들 입에 오르내렸다. 아니, 밤새 그 얘기는 이스트를 넣은 빵처럼 부풀 대로 부풀어 있었다.

"한문만이 아니래. 그 전 사흘 동안 시험 본 답안지도 검사한다더라."

"그럼 다른 과목도 진짜 커닝했다는 말이잖아!"

"내가 그럴 줄 알았어. 초등학교 때 영채는 진짜 별 볼일 없는 애였거든."

"전설의 수재는 결국 전설의 커닝왕으로 끝난 거잖아?"

아이들은 저마다 제가 아는 정보를 쏟아 냈다. 어제 아침까지만 해도 영채 주위를 어슬렁대던 아이들이었다. 나는 멍청하게 앉아 아이들 입만 바라보았다.

"이런 때 영채 때문에 괴로웠던 아이들 기분이 어떨까?"

"맞아, 영채한테 찍히면 인생 피곤했지."

"그래. 열매가 수학여행에서 당한 일, 기억나지?"

수학여행이란 말이 나오자 약에 취해 흐물거리던 내 몸이 저절로 긴장되었다.

"신열매, 그 일 그냥 덮어 두기엔 너무 억울하지 않아? 그 방에 갇혀서 영채한테 빌었던 것, 이번 기회에 다 갚아 줘! 필요하면 우리가 같이 따져 줄 테니까."

아이들은 너나없이 수학여행 얘기에 열을 올렸다. 개념 없는 신열매는 아이들 얘기에 덩달아 들뜬 것 같았다. 바보 같은 계집애…….

분명한 건, 아이들은 열매 편이 아니라는 거였다. 더 정확하게 말하면 오직 영채의 적일 뿐이었다. 그제야 잊고 있었던 영채의 고단한 얼굴이 오롯이 떠올랐다. 그러자 문제의 핵심이 무엇인지도 확실해졌다.

"잠깐만. 내가 못 봐서 그러는데, 수학여행에서 열매를 가두라고 너희들한테 영채가 직접 시켰니?"

……라고 묻고 싶었다.

"우령아, 너 얼굴색이 너무 안 좋은데 괜찮아?"

열매가 나를 돌아보며 물었다.

지금 내 걱정할 때가 아니잖아, 이 답답아!

"아니, 열매를 가두라고 영채가 시켰다고 치자. 그럼 열매가 갇혀서 울며불며하는 동안 너희들은 뭐 하고 있었는데!"

……라고 똑똑히 묻고 싶었다.

"선생님한테 얘기하고 양호실에 가서 눕는 게 낫지 않겠어?"

열매가 내 팔을 잡아끌며 말했다.

나는 열매 손을 매몰차게 뿌리쳤다.

"그 동안 우리 모두 영채한테 휘둘렸던 건 지나간 일이라고 쳐! 앞으로가 더 문제 아냐? 담임이 그 문제로 우릴 얼마나 달달 볶겠냐고! 다른 반에도 소문 다 났는지, 학교 오는데 누가 묻더라. 어찌나 얼굴이 화끈거리던지……."

소은이가 억울하다는 듯이 말했다.

내 참 어이가 없어서…….

더 이상 듣고 있을 수만은 없었다.

"나도 영채 두둔할 생각은 없는데 말이야, 걔 없으면 죽을 것처럼 싸고돌던 애들이 하루아침에 갑자기 이러는 건 좀 웃긴다는 생각이 드네. 나라면 민망해서라도 당분간 입 다물고 있겠다. 영채가 어떻게 변했든, 그 책임의 반은 걔 주위에서 알짱거리던 너희 몫이잖아! 평범한 아이를 대단한 전설의 수재로 등극시켜 놓은 게 바로 너희들 아냐? 솔직히 지금은 걔한테 당하느라 고생한 열매보다 이런 너희를 친구라고 믿은 영채가 훨씬 더 한심하고 불쌍해 보이는데?"

……라고 비겁한 아이들을 향해 쏘아붙이고 싶었지만 더 비겁한 나는 끝내 한마디도 하지 못했다.

메슥거리는 속이 심상치 않았다. 나는 바로 화장실로 뛰어가서 아침 먹은 걸 다 게워 냈다. 속이 들릴 정도로 다 비워 냈는데도 개운한 느낌은 들지 않았다.

후두둑 후두둑.

창문 밖으로 빗줄기가 굵어졌다. 나는 얼굴을 씻고 창문을 활짝 열었다.

진우령, 이제 알겠어? 진짜 적은 영채도 아니고 영채를 둘러싼 아이들도 아니란 걸 말이야. 진정으로 선전 포고할 대상은, 모든 상황이 명확한데도 입 한 번 달싹대지 못한 바로 너라고!

굵은 빗줄기에 꽃잎이 떨어지고 운동장 군데군데 땅이 패어 웅덩이가 생겼다. 이제야 비다운 비가 쏟아지는 것이다.

진작 좀 그러지……. 젠장! 젠장! 젠장!

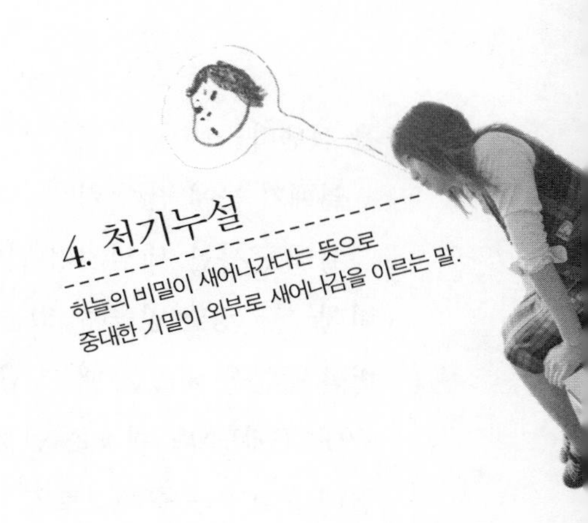

4. 천기누설

하늘의 비밀이 새어나간다는 뜻으로
중대한 기밀이 외부로 새어나감을 이르는 말.

"드디어 이 거리에 저렇게 상큼한 인물이 출몰하다니…….
우령, 봤어? 저 잘생긴 오빠 말이야."

나는 열매가 손가락으로 가리키는 곳을 살펴봤지만, 누굴 보고 상큼한 인물이라는 건지 알 수가 없었다.

"저 각 잡힌 뒤태 좀 봐! 난 왜 이 상황에서도 저 남자가 날 보는 순간의 표정이 떠오르는 거지?"

"약 먹을 시간이 지났다는 뜻이지. 정녕 저 남자의 뒷모습만 보고 상큼한 인물이라고 한 건 아니지?"

"말 시키지 마, 지금 주문 걸고 있으니까. 돌아본다, 돌아본다, 돌아본다…… 나와 눈이 마주친다…… 진정한 자기 짝을 알아보고 화들짝 놀란다…… 다가와서 내게 말을 건넨다, 말을 건넨다…….”

열매가 눈에 잔뜩 힘을 주며 같잖은 주문을 외워 댔다.

뒤태 근사한 저 남자가 열매 주문 따위에 왜 넘어가겠어? 그런데…… 정말 믿을 수 없는 일이 일어나고 말았다. 열매가 열 번쯤 주문을 외웠을 때 그 남자가 뒤를 돌아본 것이다.

내 눈에도 꽤 괜찮은 인상이었다. 더 놀라운 건, 그 사람이 열매를 보고는 주문대로 깜짝 놀라는 표정을 짓는 게 아닌가?

열매도 당황스러운 모양이었다. 얼굴에 훈훈한 미소를 띤 남자는 열매한테서 눈을 떼지 않고 곧장 다가왔다. 남자와 거리가 좁혀질수록 열매 얼굴은 붉은빛이 되다 못해 창백해졌다.

“저, 혹시 우리 전에 본 적 있지 않나요?”

이 진부한 수작이라니……. 잠깐 기적 같은 일이 일어났다고 믿은 내가 바보지. 하지만 뭔가 이상하다. 열매라는 대상을 고려할 때 단순하게 이 남자의 작업을 진부하달 수만은 없지 않을까?

“네? 아, 그, 그래요. 저도 첫눈에 어디선가 뵌 적이 있다고 느꼈어요.”

열매는 얼굴에 발그레하게 홍조를 띠고도 천연덕스레 거짓말을 했다.

“아, 내가 착각하고 무례하게 묻는 건 아닌지 걱정했는데……. 다행이다.”

열매를 바라보는 그 순한 눈빛이라니, 난 잠시 질투가 날 정도로 부러웠다.

"무례하기는요, 이렇게 안 물어 주셨으면 섭섭할 뻔한걸요."

놀고 있다, 신열매!

그 사람 얼굴에 의미 있는 눈빛을 꽂느라 내 표정 따윈 염두에 없을 텐데도 열매가 팔을 등 뒤로 돌려 손짓을 했다. 빨리 알아서 없어져 달라는 주문이었다. 내가 왜?

"잠깐 얘기 좀 할까?"

순한 눈빛이 어느새 열매한테 말을 놓는다. 저거 선수 아냐? 그러나 열매는 황홀한 표정을 감추지 못하고 고개를 끄덕였다.

"열매야, 문제집 사러 안 가?"

나는 순순히 물러나지 않겠다는 태도로 말했다.

"너 먼저 가라. 난 오빠랑 얘기 좀 하다가 그리로 갈 테니까. 아, 다섯 시 넘으면 그냥 학원으로 가!"

이런 상황을 오래 전부터 준비해 온 것처럼, 마치 친하게 알고 지내던 오빠를 만난 것처럼 열매가 거침없이 말했다. 내 쪽으로는 눈 한 번 돌리지 않고.

"아, 친구도 같이 있어도 되는데……."

순한 눈빛이 나를 보며 미안한 듯 말했다.

"아니에요, 내 친구는 서점 갔다가 바로 학원 가야 하거든요. 여기서 얼쩡거릴 시간 없어요."

손까지 내저으면서 말리는 필사적인 몸부림. 알았다, 알았어. 이쯤에서 마음 넓은 내가 퇴장해 주지.

나는 순한 눈빛을 향해 고개를 까딱해 보이고는 열매 곁을 떠났다. 마음 같아서는 열매 옆구리라도 세게 꼬집어 주고 싶었지만 간신히 참았다.

서점에 도착했을 때 열매가 문자를 보냈다.

커피 전문점 입성. 내 남자 완전 잘생겼지?

얼빠진 문자를 보니 본격적인 얘기는 아직 시작 안 한 모양이다.

사기꾼 신열매, 어디서 본 것 같다고? 케케묵은 작업 멘트에 중세 시대 버전으로 대답하는 꼴이라니…….

궁금하긴 했다. 순한 눈빛이 열매한테 접근하는 목적이 뭔지. 객관적으로도 내 친구 열매는 남자가 적극적으로 작업 걸 얼굴이나 몸매는 분명 아니다. 지성미나 부티하고도 거리가 멀고, 육감적인 것하고는 하등의 관계가 없는데……. 그렇다면 혹시 사슴 같은 순한 눈빛을 하고서는…….

열매야, 그 인간 변태 아니니?

열매의 문자질 수준이야 남북 정상회담 중에도 현장 중계가 가능할 정도니, 중간 보고야 얼마든지 할 수 있을 것이다.

흑흑. 변태는 아닌데 비극적인 서사로 바뀌는 중.

비극적인 서사로 바뀐다니, 그건 또 무슨 말일까?

그리로 갈까?

아니, 난 이 비극을 해피 엔딩으로 만들고야 말겠어. 기다려!

열매랑 다니면 이런 게 괴롭다. 온갖 상상과 억측을 해 보지만 어떤 반전도 가능하기에 잠시도 마음을 놓을 수 없다는 점 말이다.

학원 끝나고 편의점 앞에서 봐! 대답 안 하면 곧장 그리로 갈 거야!

알았어, 엉엉.

학원에 다이어리를 놓고 왔다는 건 편의점에 들어가서야 알았다. 다이어리를 찾으러 가려는데 열매가 느릿느릿 편의점 문을 열고 들어왔다.

"다이어리 놓고 왔어. 도로 학원에 갔다 와야 해. 같이 가자."

"칠칠맞기는, 그러니까 네가 전생에……. 어쨌거나 난 지금 배고파서 죽을 지경이야. 라면 하나 먹고 가자."

"학원 문 닫는단 말이야! 너 때문에 놓고 온 거고."

내 짜증에도 아랑곳하지 않고 열매는 느긋하게 라면과 김밥을 샀다.

"급하면 혼자 다녀오든가. 먹고 있을 테니까."

뭔가 할 얘기가 있는 얼굴, 그러나 내가 바짝 엎드리지 않으면 얘기 안 하겠다는 태도. 칼자루가 누구 손에 있는지 명확하게 알리는 몸짓이었다. 일찍이 진경 언니가 수도 없이 내게 한 말이 있었다. 쓸데없는 호기심과 고집만 버리면 고달프지 않게 살 수 있다고…….

"말해, 그 변태의 정체……."

솔직히 다이어리 찾는 것보다 열매의 비극적인 서사가 더 궁금해서 자리를 뜰 수가 없었다.

"변태 아냐. 말해 봐, 너도 반할 만큼 잘생겼지?"

"정체나 불라니까."

"네 고견을 접수한 다음에 정체를 밝힐 거야. 먼저 말해."

"뭐 그리…… 빠지는 행색은…… 아닌 것 같았어."

못된 계집애, 듣고 싶은 얘기를 다 들어야 불겠다?

"그렇지?"

열매가 불어 터진 라면을 앞에 두고 꿈꾸듯 말했다.

"좋은 말 할 때 빨리 말해. 예전에 봤다는 거 다 뻥이지?"

"보채지 말고. 그러니까…… 장호 오빠가…… 아, 그 오빠 이름이 장호야. 그 오빠가 커피 전문점에 앉아서 그러는 거야. 정말 어디에선가 꼭 본 것 같다고. 그런데도 정확하게 기억나지 않는다면서 혹시 전생에 어떤 인연이 있었던 게 아니냐고. 그러면서 도에 대해서 어떻게 생각하냐고……."

"그러니까 그 유명한, 도를 아십니까?"

"딱히 그거라고 말할 수는 없지만, 비슷한 거지."

열매가 고개를 끄덕이며 말했다. 비극적인 서사가 도에 관한 길거리 캐스팅이었다는 사실은 모든 의혹과 궁금증을 후련하게 풀어 주었지만, 열매한테 당한 기분은 어쩔 수가 없었다. 이런 얘기나 듣자고 다이어리를 포기한 나도 한심하고.

"다이어리 찾으러 간다!"

열매를 흘겨보고 자리에서 일어났다.

"내 애기 아직 안 끝났어. 사건은 이제부터야."

"뻔한데 뭐가 또 남은 거야!"

"아니지, 비극적인 서사는 거기서 끝난 거고 해피 엔딩이 남았다니까. 장호 오빠가 판타스틱하고 엘레강스하면서도 다이나믹한 내 전생을 봐 줬다는 거."

열매가 라면 국물을 마시고는 약올리듯 말했다.

"글쎄, 내가 전생에 어느 성주의 딸로 태어났는데 사랑을 이루지 못하고 자살한, 그러니까 아주 비극적인 사랑의 주인공이라는 거야."

"열매 너처럼 얼빵한 애 혹하게 하려면 무슨 말을 못하겠냐?"

참 내, 그 순한 눈빛이 영업용 눈빛이었다는 거잖아? 어른들 말로 험한 세상이라더니, 그 말이 바로 실감나는 순간이었다.

"그리고 장호 오빠가 의미심장한 말을 했는데…… 너하고 친하냐고 묻는 거야. 그건 왜 묻느냐고 하니까 처음엔 천기누설이라며 입을 다물더라고. 내가 너와의 우정을 들먹이면서 꼭 듣고 싶다고 하니까……."

열매가 음료수 진열대를 둘러보며 말을 삼켰다.

사기인 줄 알면서도 궁금한 내 병적인 호기심이라니…….
아무튼 열매한테는 못 당한다. 나는 캔 커피를 계산하고 열매 앞에 소리나게 내려놓았다.

"어머나, 고마워라. 이런 걸 바란 건 아닌데……."

열매가 캔 커피 따개를 잡아당기며 환하게 웃었다.

"하, 나도 이 얘기가 쉽진 않은데 말이야. 그러니까 오빠 말이 현세에서 누군가와 관계 있는 사람들은 전생에서 특별한 인연이 있었기 때문이라는 거야."

"그게 무슨 말이야?"

"으이그, 답답이! 만약 내가 전생에서 춘향이였다면, 나와 친하게 지내는 사람들은 춘향이를 중심으로 그 중 누구였다는 뜻이지."

"그럼 내가 향단이란 말이야?"

나도 모르게 편의점이 울릴 정도로 목소리가 높아졌다. 계산대에서 졸고 있던 편의점 오빠가 얼굴을 찌푸렸다.

"흥분하기는……. 향단이였을 수도, 월매였을 수도, 방자였을 수도 있고, 어쩌면 변 사또였을 수도 있다는 뜻이지. 물론 내 필이 안 끌리는 것으로 봐서 이몽룡일 가능성은 거의 없다고 봐야겠지만. 어쨌든 내가 들은 천기누설은 전생의 관계가 이번 생에서 어떤 관계로 펼쳐질 것인지에 관한 얘긴데, 해 줄까?"

"됐어!"

"잘 생각했어. 그런 얘기는 함부로 들으면 안 좋은 거야."

라면과 김밥에 커피까지 배 터지게 먹은 춘향이는 우아한 손짓으로 쓰레기를 내 앞으로 밀어 놓고는 편의점을 나섰다.

경계경보!

담임선생님이 교장실에 불려 가 시말서를 쓰고 나왔다는 소문이 파다하게 돌았다. 학기말고사 마치고 예상 성적에 못 미친 아이들을 스스로 정해 놓은 대로 벌준 것이 화근이었다. 그날 우리 반은 피비린내 나는 학살 현장을 방불케 했다. 우리 반 성적이 1학년 전체에서 꼴찌인데다가 영채 건으로 담임이 독이 오를 대로 올랐기 때문이었다. 심하게 맞은 아이들 중 엄마 몇 명이 교장실로 전화를 했고 어제 오후에 담임이 교장실에서 나오는 걸 목격한 아이가 있었다.

교실 분위기는 담임에 관한 온갖 괴담으로 뒤숭숭하기 짝이 없었다.

"시말선지 뭔지도 우리 팬 것 때문에 쓴 건데, 설마 다시 패기야 하겠어?"

그나마 낙천적인 서래가 할 수 있는 말이었다.

"네가 어제 교장실에서 나오는 담임 얼굴을 못 봐서 그래. 제대로 독이 올랐더라니까. 지난번에 담임이 한 말 기억 안 나? 자기는 덤비면 물어뜯어 버린다고. 아, 난 등나무 아래에다 묻어 달라고 유서라도 쓸란다."

비관적인 주연이가 말했다.

"담임 들어오면 바로 납작 엎드려서 빌어 보자. 혹시 한마음으로 읍소하면 용서해 줄지도 모르잖아. 그에게도 인정이라는 게 있다면…….”

마음 약한 승민이의 말은 끝도 맺지 못하고 아이들 비웃음에 묻혔다.

그나마 가장 현실적으로 얘기한 건 은빈이였다.

“그런 일이 생기면 이번에는 엄마들이 교장실에 전화하는 걸로 끝나지 않을 거야. 교육청에 민원이라도 넣겠지. 그럼 담임도 골치 아플 텐데 설마 섣부르게 행동하겠어?”

“그건 우리가 다 맞고 나서 상황 종료되면 벌어질 일이잖아! 다 죽고 난 뒤에 담임이 쫓겨나든 반성문을 쓰든 우리랑 무슨 상관이야!”

잠깐 희망의 빛이 보이는가 싶더니 경휴 한마디에 교실은 금세 장례식장 분위기로 변하고 말았다.

시시각각 우리를 공포에 떨게 하는 담임도 부임 초 학교 분위기에 적응하지 못해, 막 입학한 우리보다 더 쩔쩔매며 허둥대던 시절이 있었다. 교칙은 느슨하지, 교장 선생님은 조회 때마다 자율적인 인성 교육이 성적보다 훨씬 중요하대지, 가끔 선생님과 학생들 관계도 아리송하지……. 우리 눈에도 은란여중과는 전혀 이상이 맞지 않는 사람이 바로 담임이었다.

결국 노력해도 도저히 받아들일 수 없는 지점에 이르자 담임은 우리 반을 은란여중의 특별 구역으로 선포했다. 절이 싫으면 중이 떠나야겠지만 담임 사전에 포기란 없다면서……. 그 지점에서 담임과 우리 생각이 처음으로 일치하기도 했다.

담임이 우리 학교에 부임한 사건이 담임에게나 우리에게나 공평하게 불행한 일이었다고.

드디어 검은색 점퍼 차림의 담임선생님이 등장했다. 뒷짐진 손에는 보기에도 으스스한 죽도를 들고서.

"요즘 너희들, 가지가지 한다. 선물로 전교 꼴찌를 안겨 준 것도 모자라서 엄마까지 동원해? 아주아주 인상적이야."

선생님이 죽도로 손바닥을 탁탁 때리며 말했다. 아이들은 그 소리가 울릴 때마다 움찔했다. 영화에 나오는 조폭처럼 잔인하게 웃으며 선생님은 말을 이었다.

"너희들 스스로 써낸 예상 성적이고 너희가 직접 정한 벌인데, 학부형들이 무슨 할 말이 있다고 나서? 너희 부모들은 교권 침해라는 말도 모르나?"

선생님 말이 끊어질 때마다 스냅 사진처럼 아이들 동작이 멈추었다.

"긴말 않겠다! 분명하게 말하지만, 학부형한테 휘둘릴 거였으면 난 애초부터 선생이 될 생각 하지도 않았다! 그렇다고 교장실로 전화 건 학부형이 누구 엄마인지 일일이 알아낼 생각도 없어. 그러나 너희들에게 내가 어떤 교사인지는 보여 줘야겠다는 결심을 하면서 오늘 출근했다. 앞으로 조심해라! 우리 반은 은란여중 교칙이 아니라 민찬기라는 교사의 사명으로 움직이는 특별 구역이라는 사실 잊지 말도록. 이후에 일어나는 일들은 모두 너희들이 하기에 달렸다는 것도!"

선생님은 아이들 앞에서 죽도를 위협적으로 휘두르고는 교실을 나갔다.

"예전 학교에서 담임 별명이 미친개였다더니, 정말 딱이다!"

"우리 살아서 2학년이 될 수 있을까?"

"오늘따라 전학 간 영채가 다 부럽네!"

체념 섞인 한숨이 교실 곳곳에서 터져 나왔다.

"그러고 보면 영채는 진짜 운 좋은 애 아니니? 자기는 사고 치자마자 전학 가고 결국 그 뒷감당은 우리가 다 지고 있잖아. 그것도 특급 공포물 수준으로 말이야."

겁에 질린 소은이의 콧소리가 그 동안 잊고 있었던 내 기억을 또 한 번 휘저어 놓았다.

그 시험 시간 이후 우리는 영채를 두 번 다시 볼 수 없었다. 영채 엄마는 발 빠르게 수속을 밟아 영채를 전학시켰다. 영채를 생각하면 고단한 표정이 먼저 떠오른다. 전학 간다고 쉽게 아물 수 있는 상처가 아닌데…….

"지금 내 기분은, 예방 주사 맞으려고 줄 맨 끝에 서서 기다리는 것처럼 겁나 죽겠다고."

"그 정도 표현으로는 너무 약해. 주사야 맞으면 좋은 거 아냐? 난 아우슈비츠 수용소에서 죽을 날을 기다리는 유태인이 된 심경이라고. 그것도 아니면 도살장에서 차례를 기다리는 소가 된 것 같기도 하고. 승민아, 나 지금 떨고 있니?"

은빈이가 덜덜 떨리는 손을 들어 보이며 말했다.

나도 이런 분위기는 딱 질색이었다.

"차라리 몇 대 때리고 끝내지. 난 예고편 있는 폭력물 진짜 싫단 말이야!"

내 말을 듣고도 열매는 이 상황이 자기랑 아무 상관 없다는 듯 초연하게 거울만 들여다보고 있었다.

"아마도 전생에 네가 험하게 살아서 매가 두렵지 않은 게지. 그것도 일종의 노예근성이니라."

열매는 그 시간까지도 어제 들은 전생 얘기에 꽂혀서 아예 사극 버전 말투로 일관하고 있었다.

"그럼 너는 목에 칼을 차도 춘향이처럼 고고하겠구나."

내가 아무리 빈정거려도 열매는 조금도 기죽지 않았다.

"오늘 이후로 내, 귀족의 품위가 뭔지 아낌없이 보여 주리라."

그나마 열매의 너스레라도 없었다면 우리는 짬짬이 웃지도 못했을 것이다.

예고된 공포의 참상을 눈으로 확인하는 데에는 그리 오랜 시간이 걸리지 않았다.

선생님은 교실 청소가 끝나자 창틀과 청소 수납장, 복도 유리창까지 다른 때보다 백 배는 더 꼼꼼하게 살폈다. 경계경보가 발령된 뒤라 바짝 긴장한 우리가 그런 데에서 약점 잡힐 리 없었다. 선생님이 죽도로 커튼을 들추고, 청소 도구를 건드리고, 화분 흙을 찌를 때마다 조마조마하다가도 별말 없이 지나치면 우리 입에서는 여지없이 한숨이 새나왔다. 청소 검사만 무사히 넘기면 오늘은 살 수 있을 터였다.

"누구야! 어느 간 큰 녀석이 감히 이런 짓을 한 거야!"

선생님이 게시판을 두드리며 고함을 질렀다.

아이들 입에서 "아!" 하는 탄식이 흘러나왔다. 학기 초에 선생님이 붙여 놓은 게시물 때문이었다. 월요 조회 때마다 선생님들이 번갈아 가며 간단하게 글을 써서 발표하는데, 담임은 그 때 발표한 글을 프린트해서 교실 게시판에 붙여 놓았다. '이 땅에서 중학생으로 산다는 것은……'이라는 제목의 글은 처음부터 끝까지 '놀지 말고 공부해라, 중학생이라는 건 거쳐 가는 한 시절일 뿐이다. 그 시절에 한눈팔면 남는 건 후회와 뒤처진 자기 인생뿐이다!'라는, 우리 반 조회와 종례 시간마다 귀에 딱지가 앉도록 들은 잔소리의 되풀이였다. 그 종이 맨 아래 조그맣게 적힌 선생님 이름 민찬기를 누군가 중간고사 직전에 '미친개'로 튜닝해 놓은 것이다. 한참 지난 일이라 아무도 눈여겨보지 않았을 뿐더러 워낙 작은 글씨다 보니 오늘처럼 아이들의 예민한 레이더망에도 잡히지 않은 것이다.

"너희가 학생이야? 학생이라면 선생님에 대한 예의는 기본이고 상식 아냐? 그런데 성적 때문에 벌 좀 받았다고 선생님 이름에다 저런 저급한 장난을 쳐?"

기본이나 상식으로 치자면, 선생님도 그리 당당하게 말할 처지는 아니다. 학기 초부터 성적, 내신, 등수만 들먹이며 우리를 사람이 아닌 공부하는 기계 취급을 한 건 바로 선생님 아닌가? 기계한테 바랄 걸 바라야지…….

선생님이 얼굴 벌게지도록 화를 내는 그 순간에도 우리는 잘못했다는 생각보다 이 자리를 빨리 모면하고 싶다는 마음뿐이었다. 무사히 살아서 돌아가야 한다는…….

"저건 옛날부터 있었어요!"

누군가 눈치 없이 나서자 당황한 아이들 눈길이 일제히 그쪽으로 모아졌다. 당연히 열매일 거라고 생각했는데 뜻밖에도 서래였다. 그 때까지도 사태 파악이 안 된 서래는 당당하게 한마디 덧붙였다.

"선생님이 오해하신 거예요. 저건 이번 일과 아무 관계가 없어요. 학기 초부터 있었던 거예요."

낭패라는 단어처럼 이 상황에 더 적절한 말이 있을까?

"오호라! 그럼 너희들은 이걸 다 알고 있었으면서도 그 동안 즐기면서 보고 있었다?"

그제야 서래 얼굴이 사색이 되었으나 이미 때는 늦었다. 선생님은 모두 한통속이라고 노발대발하며 반장과 부반장부터 나오게 했다.

"너희들은 봤어, 못 봤어?"

"봐, 봤어요."

반장 경휴가 겁에 질려 대답했다. 부반장도 봤다는 뜻으로 고개를 숙였다.

"보고도 가만있었단 말이지! 좋아, 그럼 누가 이런 짓 했는지 말해 봐!"

반장과 부반장은 모른다고 고개만 저었다. 나는 그제야 짚이는 게 있어서 옆의 옆줄에 앉은 열매의 기색을 살폈다. 하얗게 질린 얼굴과 바들바들 떠는 다리. 내 짐작이 맞는다면 저 장난을 친 사람은 보나마나 열매였다. 열매는 한동안 복도 게시물 튜닝에 재미를 붙였고, 바로 문제의 글씨를 쓴 은색 펜도 갖고 있었다.

선생님이 무서운 눈으로 우리를 쏘아보고는 반장과 부반장을 향해 천천히 입을 열었다.

"몰라? 누가 범인인지는 모르고 저걸 보면서 같이 낄낄거렸단 말이지? 너희는 학급 임원이야. 임원은 반에서 일어난 일에 대해 전적으로 책임질 의무가 있다고 한 말 기억하나?"

반장 부반장은 고개를 떨군 채 아무 말도 하지 않았다.

"아무 말도 못한다는 건 잘못을 시인한다는 뜻이지? 그럼 어떻게 해야 하는지도 알지?"

반장과 부반장이 머뭇거리다가 맨 앞줄 책상을 짚고 엎드렸다. 선생님은 셔츠 소매를 걷고 시계를 풀어 교탁 위에 올려놓았다. 그 작은 행동 하나하나가 얼마나 위협적인지, 내 숨이 턱턱 막혔다.

"저 짓을 한 인간과 그걸 보고 낄낄거린 너희들 모두 잘 들어! 반장과 부반장은 오늘 자신들의 책임을 다하지 못한 벌을 받는 거지만, 그렇다고 그걸로 모든 게 다 해결된 거라고 생각하면 큰 오산이다! 나는 끝까지 물고 늘어져서 범인을 찾을 것이고, 그 인간한테 선생님에 대한 예의를 제대로 가르쳐 줄 생각이다. 똑똑히 봐 둬라!"

죽도가 허공에서 쌩하는 바람 소리를 내며 떨어졌다. "으악!" 소리와 함께 경휴가 그 자리에서 쓰러졌다. 지켜보고 있던 아이들 가운데 몇 명은 자기가 맞은 것처럼 비명을 질렀다.

열매와 눈이 마주친 건 그 순간이었다. 눈물이 그렁그렁한 열매는 이러지도 저러지도 못하는 것 같았다.

나는 열매가 일어나 주기를 간절히 바랐다. 그러나 열매는 그 끔찍한 광경을 보면서 용기가 안 나는 모양이었다. 나는 끈질기게 열매를 바라보았으나 열매는 고개만 저었다.

'너 대신 걔들이 맞고 있는데도 가만있을 거야?'

열매는 아예 내 눈길을 피했다.

"일어나!"

선생님 명령에 경휴가 눈물을 뚝뚝 흘리며 다시 자세를 잡았다. 부반장은 아예 돌아서서 울었다. 교실 곳곳에서 흐느끼는 소리가 들려왔다.

'열매야, 이건 아니야. 네가 못하겠다면…….'

선생님이 죽도를 고쳐 잡았다.

"누가 그랬는지 알아요!"

빠른 속도로 허공을 가르던 죽도가 순간 멈췄다. 나는 내가 무슨 짓을 하려는지도 모르면서 자리에서 벌떡 일어난 것이다. 선생님 안경에서 섬광이 느껴졌다. 아니, 유리창, 벽에 걸린 액자, 모니터…… 빛이 반사될 수 있는 모든 것으로부터 나온 스테인리스 같은 섬광들이 나를 관통하는 것만 같았다.

열매가 얼마나 간절한 눈빛으로 나를 바라보고 있는지, 그 기운이 느껴졌다. 하지만…….

"진우령, 말해 봐. 누구지?"

스테인리스 빛깔과 금속성의 선생님 목소리, 아주 잘 어울렸다.

"제가 그랬습니다!"

진실을 밝히겠다고 결심했으면서도 왜 이런 말이 튀어나왔을까? 영웅이 되고 싶었던 것도 아니고, 딱히 열매를 동정한 것도 아닌데.

"진짜 네가 그랬어?"

선생님이 바짝 얼굴을 들이대며 물었을 때는 호흡 곤란까지 왔을 정도였다. 나는 겨우 숨을 몰아쉬며 고개만 끄덕였다.

"반장 부반장은 들어가고 진우령, 나와!"

선생님이 또다시 위협적으로 죽도를 휘둘렀다. 휙, 휙 하고 허공을 가르는 소리가 들릴 때마다 내 살점이 뜯겨져 나가는 것 같았다. 한 발짝씩 걸음을 떼면서 나는 금세 닥칠 상황을 생각하지 못한 나 자신을 원망하고 또 원망했다. 그리고 열매도…….

"다시 한 번 묻겠다. 진짜 네가 한 짓이야?"

선생님은 마지막이라는 듯 내 눈을 쏘아보며 물었다.

모든 걸 체념하고 고개를 끄덕이려는데 누군가 우령이가 한 짓이 아니라고 소리쳤다. 그리고 또 다른 애 목소리, 또……. 짐작건대 반 이상의 아이들이 일어난 것 같았다.

"지금 나랑 장난치자는 거야?"

여기저기서 아이들이 일어나자 선생님은 화를 내며 죽도를 휘둘렀다. 자칫하다가는 다칠 것 같아 나는 두어 걸음 물러섰다.

갑자기 "딱!" 하는 소리와 함께 죽도가 교탁에 부딪쳐 두 동강이 났다. 잠깐의 침묵이 흐르고 이내 상황은 종료되었다. 죽도가 동강나자 선생님은 머리카락 잘린 삼손이라도 된 것처럼 급격하게 기운을 잃었다. 숨을 몰아쉬며 집에 가도 좋다는 말만 겨우 했다.

아이들은 담임이 우리 기세에 눌린 거라고 했지만, 난 자꾸 선생님이 일부러 교탁을 친 게 아닐까 하는 의심이 들었다. 휴! 어느 것이 사실이든, 중요한 건 내가 살아 있다는 것이다.

이토록 길고 긴 하루는 앞으로도 내 인생에 없지 않을까?

교문 앞에서 열매가 기다리고 있었다. 그럴 거라고 생각했다. 우린 아무 말도 하지 않고 꽤 오래 걸었다. 찐득한 바람 사이로 진한 풀 냄새가 났다.

"솔직히 내가 너라도 그 상황에선 일어나기 힘들었을 거야."

"……."

"다 잘 끝났으니까 자책할 것 없어. 만약에 네가 일어났으면 일이 더 커졌을 테니까."

"나도 그렇게 생각해."

"뭐?"

나는 어이가 없어 걷다 말고 열매 눈을 보았다.

"장호 오빠가 그러더라고……. 너는 전생에 나한테 진 빚을 갚기 위해 내 곁에 있는 거래. 곧 그 빚을 갚게 될 거라고…… 그건 어차피 그렇게 타고난 네 운명이라고 말이야. 이런 건 함부로 말하면 천벌받는다고 조심하라고 했지만, 오늘 일을 겪고 나니까 너한테는 비밀을 말해 줘야 할 것 같아서……. 우렁각시, 전생에 네가 나한테 지은 죄 오늘로 다 용서한다……."

"야! 신열매!"

우르릉 쾅!

갑자기 요란한 천둥소리에 내 목소리가 묻혀 버렸다.

"엄마야!"

함부로 천기를 누설한 열매 얼굴이 하얗게 질린 것도 그 때였다. 찐득한 바람이 곧 비를 몰고 올 모양이었다.

5. 상대성 원리

서로 운동하는 좌표계에 있어서 좌표계를 변환하더라도 물리의 기본 법칙은 바뀌지 않는다는 원리.

"간단하게 말하면 시간과 공간마저도 절대적인 것이 아니라 그 물체의 상황에 따라 변할 수 있다는 원리지. 즉 빛의 속도에 가까워지면 시간이 느려지고 질량이 커지고 길이는 수축되는 것."

재준이가 참고서에 있는 내용을 그대로 따라 읽었다.

"그래서 그게 뭐냐고!"

톡 쏘는 사이다 같은 설명을 기대했더니, 미지근하고 맹맹한 녹차 같은 소리만 하고 있네.

"설명했잖아, 아인슈타인의 상대성 원리는 빛의 속도에……."

나는 재준이가 읽고 있는 참고서를 덮으며 쏘아보았다. 재준이는 금세 기 꺾인 목소리로 말했다.

"알았어, 지식검색창에서 네가 홀딱 넘어갈 만한 내용으로 찾아 주면 되잖아! 중학생이 되면 뭐 하냐, 한번 깡패는 죽을 때까지 그럴 텐데. 진짜 덥다, 더워!"

재준이가 강의실 앞에 놓인 컴퓨터를 켜며 말했다. 돌아앉은 재준이의 셔츠 깃이 땀에 젖어 침침한 강의실 불빛 아래에서 반질거렸다. 약간 미안한 마음에 손부채라도 흔들어 줄까 하다 그만두었다. 하던 대로 해야지, 불필요한 친절은 당치않은 오해만 불러올 뿐이다.

"내가 홀딱 넘어갈 내용을 찾아 준다면 할 말 없지만, 지식검색창을 이용하는 과학 영재, 너무 비겁하지 않습니까?"

장마가 끝나고 숨이 막힐 정도로 찌는 날의 연속이었다. 한밤중에도 더위는 가시지 않았고 시원찮은 학원 에어컨에서는 눅진한 바람만 쏟아내고 있었다.

학기말고사도 끝나 심심한 우리는 교실 달력에서 방학까지 남은 숫자를 지워 가며 하루하루를 견뎠다. 과목마다 더는 나갈 진도가 없자 선생님들은 문제집을 가져와 풀게 했다. 무료하기 짝이 없는 시간이었다.

그 와중에 내가 좋아하는 과학 선생님이 모처럼 맘에 드는 숙제를 내 주었다. 어렵게 생각되는 과학 원리를 알아듣기 쉽게 풀이해 오라는 것이었다. 그나마 좋지 않은 내 성적에 과학이 결정적으로 기여한 점을 생각하면, 과학이라는 과목 자체가 지구에서 없어진다 해도 아쉬울 게 없는 나였다. 하지만 과학 선생님 생각만 하면 내 철학과 가치관이 자체적으로 수정되면서 뭔들 못하겠나 싶었다. 그래서 일주일 동안 전전긍긍하며 찾아보았지만 별 소득이 없었다. 그러다가 며칠 전 학원에서 재준이가 과학 영재반에 뽑혔다고 자랑하던 일이 떠오른 것이다.

"원칙적으로 설명하는데도 못 알아들으면 스스로 돌이라는 걸 입증하는 거 아냐? 가만, 가만있어 봐! 드디어 찾았다, 네가 원하는 설명! 아인슈타인이 상대성 원리를 물어보는 대학생한테 그랬대. 아름다운 여자와 함께 있는 한 시간은 짧게 느껴지지만, 못생긴 여자와 차 마시는 한 시간은 몇 년처럼 느껴지는 거라고. 햐, 놀랍지 않냐? 그 시절 아인슈타인이 지금의 내 상황을 미리 알고 만든 이론 같잖아."

매를 버는 데에는 재준이 따라갈 인간이 없다. 그러나 재준이는 내가 날린 주먹을 잽싸게 잡았다.

"내가 옛날처럼 다 맞아 주고 싶지만, 웬만하면 너도 이 세계를 정리할 때가 되지 않았냐? 빨리 숙제나 하시지."

내 주먹을 거머쥔 재준이 손에는 예전에 느끼지 못한 질감이 있었다. 하긴, 훌쩍 길어진 다리 길이며 몇 달 새 걸걸해진 목소리……. 6학년 교실에서 치고받고 하던 재준이가 아니었다.

후닥닥 손을 빼는 내 모습을 보며 재준이가 피식 웃었다.

"뭐, 뭐야! 그 웃음의 정체는……."

"선머슴 진우령한테 찾아온 사랑이 하도 어이가 없어서 말이야. 어쩔 수 없이 협조하긴 했지만 내 웃음의 정체는 대체로 비웃음이라고 할 수 있지. 또한 너희 학교 과학 선생님에 대한 무한한 동정심이기도 하고."

"사랑은 또 뭐고 과학 선생님은 또 뭐야!"

"나도 눈치는 있거든. 천하의 진우령이 나한테 협조 요청까지 하면서 하고 싶은 숙제, 그것도 과학이 싫어서 6학년 때는 과학실을 폭파하고 싶다고 노래 부르던 네가 말이야. 불어 봐. 과학 선생님이 그렇게 잘생겼냐, 나보다 더?"

재준이가 징그럽게 얼굴을 들이대며 물었다.

나는 그 얼굴을 손으로 밀어내며 말했다.

"어디에서 들었는지 모르겠지만, 내가 너처럼 저급한 기준으로 사람을 보는 줄 알아? 과학 선생님은 인격이 잘생겼어. 나의 과학 선생님을 너 따위와 견준다는 것 자체만으로도 불쾌한 일이라고."

"나의 과학 선생님? 헐, 단단히 빠지셨구먼. 근데 은근히 기분 나쁘네. 나에 대해서 뭘 안다고 저급한 기준 운운하는데?"

"너무 잘 알아서 문제지. 윤재준의 평가 기준은 무조건 미모잖아!"

"너 그런 식의 발언은 명예 훼손에 해당한다는 거 몰라? 머리가 있음 생각이라는 걸 좀 해 봐라. 내가 이 시간까지 미모와 전혀 상관없는 너와 너의 그 허접한 사랑 때문에 생고생하고 있다는 사실만으로도 네 논리가 맞지 않는다는 거, 인정해야 하지 않아?"

본능적으로 올라간 내 주먹이 재준이의 방어 태세를 보고는 저절로 내려왔다. 자식, 잽싸기는.

"좋아, 그럼 넌 미모가 아니면 뭘로 평가하는데?"

"물론 외모를 전혀 안 본다고 하면 그건 거짓말이지. 하지만 나한테는 클레오파트라의 외모라도 말 한마디 붙이기 어려운 까탈스러운 그녀하고, 몇 시간 동안 지루하지 않게 대화할 수 있는 수수한 외모의 그녀 중에 택하라고 하면 당연히 후자라는 거! 다시 말해서 여자 친구를 사귈 때 내게 있어서 미모란 옵션이지 필수 사항이 아니란 말이다. 알겠냐?"

이토록 따박따박 말 잘하는 인간이 정녕 그 옛날 나한테 맞으면 조르르 선생님한테 달려가 고자질하던 그 윤재준이 맞단 말인가? 과거 전력이야 하늘이 알고 땅이 아는 진실인데, 내 앞에서 멋진 척하는 설정이 가당키나 하냐구, 이 가증스런 인간아!

"뭘 그렇게 넋 놓고 봐? 내 말이 그렇게 멋있었냐?"

"그래? 그럼 내가 지루할 틈 없이 널 재미있게 해 줄 수 있는 친구 하나 소개해 줄까?"

"됐어. 너의 심성을 보건대, 뭔가 사악한 기미가 느껴져서 사양하겠어."

"사악한 기미라니? 난 정말 감동해서 네 이상에 맞는 여자 친구를 소개해 주려고 하는 건데. 나의 우정을 그렇게 왜곡하다니, 섭섭한걸."

나는 재준이가 프린트한 종이를 주섬주섬 챙기며 말했다.

"정말 괜찮은 애야?"

재준이가 여전히 미심쩍은 얼굴로 내게 물었다. 걸려들었다, 윤재준!

"날 믿어, 친구!"

나는 과장스럽게 재준이 어깨를 흔들고는 학원 강의실을 빠져나왔다. 혼자 낄낄거리면서.

약간의 가책을 느낀 건, 학원에서 돌아와 내 방 책상 앞에 앉았을 때였다. 분명 재준이 얘기를 들으면서 생각한 건 열매였다. 지루하지 않고, 수더분하고……. 그게 다인가? 그럼 된 거냐고? 아니면 또 뭐가 필요한 건데? 재준이가 제 입으로 말한 조건은 다 갖춘 거잖아! 선량한 의도라고 할 수는 없지만, 또 알아? 뜻밖에 결과가 좋을지?

That's O.K!

"오호, 아인슈타인이 했다는 마지막 말이 특히 좋았어. 이런 식의 설명이 머리에 쏙쏙 들어오지? 근데 혹시 발표자도 마지막만 이해한 거 아냐?"

과학 선생님 말에 나는 배시시 웃음으로 대답했다.

"과학 이론은 과학에만 존재하는 게 아니라는 거 알겠지? 아인슈타인이 우스갯소리로 했다는 말, 나는 공감이 가는데 여러분은 어떻게 느낄까? 물론 세상은 상대적인 기준만으로, 혹은 절대적인 기준만으로는 살 수 없어. 그 두 가지가 다 공존하는 게 사람 사는 세상이라는 거지. 그러나 무게 중심을 어느 쪽에 두느냐에 따라 세상은 완전히 다르게 보이는 거야. 잠시 세상 보는 눈에 대해 생각하는 시간을 가져 볼까?"

내가 과학 선생님을 좋아하는 이유는 바로 이런 모습 때문이다. 세상을 보는 눈이라……. 마치 식탁 위에 세상이라는 요리를 놓고 나한테 마음대로 모양을 내서 자르고 양껏 먹어 보라는 말 같아서 설렜다.

"지금 발표한 사람, 이름이…… 진우령? 우령이는 절대적인 시각이 우세할 것 같은데, 아닌가?"

과학 선생님이 빙긋 웃으며 말했다.

선생님이…… 내 이름을 불러 주었다. 이 기회를 놓치면 안 되지.

"제가요? 왜 그렇게 생각하시는데요?"

"절대적이라는 건 원칙을 중요하게 생각한다는 뜻이지. 그런 사람들은 질서를 중요시하고 일렬종대로 줄 세우는 걸 좋아하고. 그건 이 세상을 움직이는 가장 큰 원동력이라고 할 수 있어. 그러나 다른 면으로는 유연하지 않으니까 타협이나 변화를 싫어하지. 믿을 만하지만 고집이 세다는 거. 어때, 내가 우령이 성격을 대충 맞췄지?"

아이들이 손뼉을 치며 딱 맞췄다고 소리쳤다.

밀려오던 행복이 잠깐 뒤로 밀려나는 느낌. 내가 타협이나 변화를 싫어하나? 유연하지 못한 원칙주의자라고?

재준이를 소개해 주겠다고 했을 때 열매의 첫 반응은 시원찮았다.

"자기 앞가림도 못하는 친구가 나한테 남자 친구를 소개해 주겠다고 했을 때는 딱 세 가지 이유가 있다고 본다."

"그게 뭔데?"

"첫 번째는 그 남자 얼굴이 지극히 이기적으로 생겼다거나……."

열매가 의심에 찬 눈으로 나를 살피며 엄지손가락을 꼽았다.

"잘생긴 건 아니지만 혐오감을 주거나 이기적인 얼굴은 아냐."

"둘째, 매너가 변태스럽다거나……."

"야, 세 가지 다 들을 것도 없어. 싫음 관둬! 나도 아쉬울 거 없으니까. 사람을 아주 우습게 만들고 있어."

자리에서 일어나려는 내 팔을 열매가 잡아당기며 말했다.

"뭘 그렇게 까칠하게 구나, 친구! 네가 안 하던 짓 하니까 낯설어서 그런 걸 갖고……."

나는 못 이기는 척 열매 앞에 도로 앉았다.

"내 순수한 우정을 다시 한 번 의심하면…… 죽어!"

기대에 찬 얼굴로 열매가 고개를 끄덕였다.

"신열매, 너 봉사 활동 해야 한다고 했지? 우리 팀에 자리

하나 비는데 너 할래?"

언제 나타났는지 소은이가 내 뒤에서 말했다.

"껴 주면 나야 좋지. 근데 뭘 하는 건데?"

열매가 히죽 웃으며 말했다.

"뭘 하든, 넌 안 할 수 없는 처지잖아! 경휴가 학원 일정하고 겹치는 바람에 자리가 남아서 널 넣어 주려고 하는 거니까, 갈 수 있는지 없는지만 말해!"

소은이가 짜증스럽게 말했다.

"그래? 나야 당연히 가지. 근데 경휴한테는 미안하다고 해야 하나, 고맙다고 해야 하나?"

"너한테 양보하려고 한 건 아니니까 오버할 필요는 없어. 방학 다음 날부터 두 시간씩 사흘이야. 시간이랑 장소는 나중에 알려 줄 테니까, 지각하거나 주책 떨어서 우리 망신시키는 일 없도록 해 줘!"

내가 좋아하는 스타일은 아니지만, 소은이 얼굴은 꽤 예쁜 편이다. 근데 입만 열면 재수 없다. 난 그것도 재주라고 본다. 봉사 활동 가는 데가 어디라고 말만 해 주면 될 걸, 저렇게 사람 심사를 뒤트는 이유가 뭐냐고!

"너 진짜 쟤랑 봉사 활동 같이 갈 거야?"

"왜? 이번에 점수 못 채우면 네가 죽이기 전에 담임이 먼저 날 죽일걸. 그렇지 않아도 오늘까지 어디로 갈 건지 정하라고 했잖아."

봉사 활동 시간은 지금 꼭 다 채우지 않아도 된다. 그러나 담임선생님은 내신 성적에 신경 쓰지 않아도 되는 1학년 여름 방학 때까지 그 시간을 다 채우라고 했다. 다행히 나는 진경 언니네 아줌마 도움으로 우체국에서 손쉽게 봉사 활동을 마칠 수 있었다.

"아무리 절박해도 나라면 소은이 재랑은 안 하겠다. 저 계집애는 남들한테 다 잘하면서 유독 너한테만 뻣뻣하게 굴더라. 집에서 풀만 먹고 사나?"

"내가 범우주적으로 편하다고 소문나서 그렇다, 왜! 저가에 성능 좋고 오래 쓰는 샤방샤방한 총알받이라고 들어 본 적 있는가, 그대?"

열매가 능청스레 대답하곤 피식 웃었다. 딱히 부정할 수는 없어서 나는 어색하게 웃고 말았다.

"내가 다른 데 알아봐 줄까? 진경 언니한테……."

"아, 됐어! 넌 이상하게 재한테는 예민하더라. 왜 그런데?"

"글쎄, 이름 때문인가? 그 동안 내가 아는 애들 가운데 이름에 '소' 자가 들어간 애들은 하나같이 청승 가련 내숭형들이라서 재수 없더라고. 소정, 소연, 소현, 소영 그리고 재까지."

내 말에 어이가 없는지 열매가 낄낄거리며 말했다.

"청승 가련 내숭형? 그러고 보니 체육 시간에 픽 쓰러지는 거하며, 남자 앞에서 목소리나 하는 짓이 백팔십도 달라지는 거 보면 그 말이 맞네. 근데 진우령, 넌 제발 쓸데없는 일에 신경 쓰지 말고 아까 얘기한 그 인간에 대해서나 적극적으로 더 알아봐."

"그건 더 알아볼 것도 없다니까. 재준이 그 자식은 케이에스 마크 찍힌 상품이야, 내가 보장해."

"그러게, 네가 보장한다니까 자꾸 불안하네. 너도 궁핍하긴 마찬가진데 그렇게 괜찮은 상품을 왜 나한테……."

열매는 내가 재준이한테 소개팅 시켜 주겠다고 했을 때와 똑같이 미심쩍은 눈빛으로 물었다.

"이것들이 똑같이 내 진심을 의심하고 있어! 나한테 재준이는 그저 베스트 프렌드일 뿐이라고. 너도 알다시피 내게는 오직, 오로지, 온리 잘생긴 과학 선생님이 계시잖아!"

나는 손짓 발짓까지 해 가며 너스레를 떨었다. 열매는 그래도 마음이 안 놓이는지 재준이에 대해 한두 가지 더 묻고는 자리로 돌아갔다.

"신열매는 봉사 활동 갈 곳 정했어?"

담임선생님이 조회를 마치고 열매에게 물었다.

"네, 방학하자마자 사흘 동안 하기로 했어요."

열매가 생글생글 웃으며 말했다.

"어디로 가는데?"

선생님이 되묻자 열매가 당황하며 말했다.

"어딘지는 모르고…… 소은이가 데려가 주기로 했어요."

"보육원에 갈 거예요."

소은이가 열매한테 쓸데없는 소리 하지 말라는 눈짓을 하며 말했다.

"소은이는 봉사 활동 점수 다 채운 걸로 아는데……. 신열매, 그러니까 제때 제때 점수 따 놓았으면 좋았잖아. 너 때문에 공부할 시간 손해 보는 소은이한테 미안하지도 않아? 나중에 맛있는 거 사 줘, 알았지?"

선생님은 잘 알지도 못하면서 열매만 나무랐다. 얄미운 소은이 계집애는 귓불까지 붉어진 채 얼굴을 들지 않았다. 나한테는 다분히 의도된 연기처럼 보였다.

"뭐 하러 소은이를 들먹였어! 가뜩이나 그 기고만장한 꼴, 보기 싫어 죽겠는데……."

담임선생님이 교실을 나가자마자 나는 열매한테 퉁을 놓았다.

"우령, 넌 세상이 공평하다고 생각하니?"

열매가 담담한 목소리로 내게 밑도 끝도 없는 질문을 했다.

방학을 하루 앞두고 나는 재준이와 열매를 만나게 해 주었다.

오지랖 넓은 열매지만 6학년 초에 전학 온 재준이는 알아보지 못했다. 그저 뜻밖의 횡재라는 듯, 몸짓과 표정 곳곳에서 자기 감정을 숨기지 않았다. 재준이는 나한테 말고는 워낙 매너 좋은 애라, 아무리 기민하게 표정을 살펴도 무슨 생각을 하는지 알아낼 수가 없었다.

둘의 자리를 마련해 주고 나오니 바깥세상은 지글지글 끓고 있었다. 녹아서 끈적대는 아스팔트에도 바람이 스며들었는지 발밑에서부터 뜨거운 김이 올라왔다. 나는 편의점에 들어가 음료수를 사서 마셨다.

꺄오! 지금의 내 심정을 한마디로 표현한다, 심봤다!

계집애, 문자 안 봐도 감 잡았다. 웬만해야지.

너무 질질 흘리고 다니지 마. 물가에 내놓은 것 같아 내가 마음이 안 놓인다.

ㅋㅋ 알았어. 어머, 그가 웃는데 눈이 초승달 모양이야. 쌍꺼풀 없는 눈, 진짜 좋아! 나 지금부터 그와의 대화에 올인할 예정이야. 나중에 전화할게.

재준이 웃는 눈이 초승달 모양이었나? 생각해 보니 그런 것 같기도 했다. 재준이의 초승달 눈으로 바라보는 열매는 어떨까? 마음에 들었을까?

후딱 정신이 돌아왔다. 내가 무슨 생각을 하는 거지?

저녁 내내 나는 열매의 경위 보고에 시달려야 했다.

"완벽하게 내 이상에 맞는 남자를 만났다는 거, 그게 중요하다는 거지. 얼굴도 잘생겼지만 매너는 또 어찌나 좋은지. 내일 영화 보기로 했는데, 내가 좋아하는 걸로 보자는 거야. 너 근데 재준이가 피아노 잘 친다는 거 왜 말 안 했어! 내가 남자의 희고 긴 손가락에 얼마나 약한지 알면서. 손가락이 예술적으로 생겼다고 하니까 재준이가 그러는 거야. 엄마 극성 때문에 6학년 때까지 피아노 쳤다고. 나중에 자기가 작곡한 곡도 들려주겠대. 와우, 그 중저음의 나긋나긋한 음성이라니……."

열매는 재준이한테 완전히 빠진 모양이었다. 했던 얘기를 하고 또 하고, 침이 마르게 외모와 매너를 칭찬하고…….

재준이가 피아노를 잘 쳤나? 6학년 음악 시간에 선생님이 재준이더러 반주를 하라고 한 적이 있었던 것 같긴 한데……. 근데 그 얘기가 왜 이렇게 낯설지? 나는 그 동안 잘 안다고 자부하던 재준이에 대해 점점 자신이 없어졌다.

"학원에 가서 만나면 꼭 물어봐. 오늘 내 첫인상이 어땠는지 말이야. 그리고 그가 좋아하는 건 뭔지도 눈치채지 못하게 알아 오고. 왜 그런 거 있잖아. 여자가 너무 야하면 싫어한다든지, 바지 입은 것보다는 치마 입은 걸 더 좋아한다든지. 아, 맞다, 그리고 좋아하는 음악이나 음식 같은 것도……. 우령, 난 네가 이렇게 훌륭하게 은혜를 갚을 줄은 상상도 못했다. 내가 나중에 근사하게 쏠게."

열매하고 통화하는 동안 나는 딱 세 마디 했나? 그것마저도 입 밖으로 나오자마자 묻혀 버렸다. 열매는 좋건 싫건 늘 실시간으로 표현한다. 나중에 어떻게 되든 일단 오늘은 죽고 보자……. 열매의 사전에 신중이란 단어는 없다.

학원에서 만난 재준이는 기색만 살펴서는 특별히 달라진 게 없는 듯했다. 더군다나 강의 시작할 즈음에 들어와서 나는 입 한 번 떼지 못하고 그 시간을 보냈고, 첫 시간 끝났을 때에는 재준이가 남자애들하고 어울려 매점에 내려갔다 오느라 또 기회를 놓쳤다.

"어땠어?"

강의 끝나고 나는 어영부영 나가려는 재준이 목덜미를 잡아챘다.

"야 야, 말로 해! 뭘 말이야?"

재준이가 부스스해진 뒷머리와 셔츠 깃을 고치며 말했다.

"왜 이러셔? 다 알면서."

내가 의미심장하게 웃으며 말했다.

"아, 열매? 진짜 유쾌한 친구던데. 아주 즐거웠어."

재준이가 빙긋 웃으며 말했다.

예상 외의 대답인걸. 네가 정직을 버리고 고도의 심리전을 쓰겠다는 건데…….

"좀 부산스럽고 시끄럽지는 않았어?"

"그런 점이 없진 않았지만, 네 말대로 열매랑 있으니까 시간 가는 줄 모르겠더라. 마음 쓰는 것만 봐도 너랑 굉장히 다르던데. 우리, 내일 만나서 영화 보기로 했어."

재준이가 아무렇지 않게 '우리'라는 말을 입에 올렸다. 재준이한테서 듣는 '우리'라는 말, 듣는 내가 어색하고 민망했다. 말 끊어지는 게 싫어서 다시 한 번 도전했다.

"그 인간 주책은 안 떨었어?"

재준이가 잠시 말없이 나를 바라보더니 히죽 웃었다.

"진우령, 넌 열매랑 나랑 잘되기를 바라는 거 아니었어? 어쨌든 멋진 친구 소개해 줘서 고마워."

재준이가 내 어깨를 두어 번 두드리고는 강의실을 나갔다.

열매랑 잘되기를 바란 거 아니었냐고? 그렇지. 그렇긴 한데, 이 찜찜한 기분은 뭐지?

다음 날 아침 교실에 들어가자마자 나를 기다리는 눈빛들이 있었다.

"우령아, 네가 열매한테 킹카 소개해 줬다며?"

"목소리가 양털처럼 부드러운 저음이라면서? 넌 어떻게 그런 킹카를 알았는데?"

"둘이서 영화도 보러 간다더라."

아이들 관심이 성가셔 죽을 지경이었다. 그 와중에 열매가 두 팔을 들어 하트를 그려 보였다.

"교내 방송이라도 하지 그랬어, 백만 년 만에 처음으로 남자 친구가 생겼다고."

내 자리로 온 열매를 보며 새되게 쏘아붙였다.

"어머, 교내 방송으로 되니? 마음 같아서는 대국민 연설을 하고 싶은 마음이라고, 오호호호. 근데 우령, 어제 재준이한테 물어봤어?"

웃음소리까지 달라진 열매를 보니 말이 곱게 나가지 않았다.

"물어봤어. 그냥 아무 데서나 주책 떨고 시끄러워도 좋으니까 제발 오호호호 하며 웃지 말랜다!"

"기집애, 오호호호!"

열매가 손으로 입을 가리며 다시 웃었다.

"신열매, 월요일 아홉 시까지 버스 정류장으로 나와. 일 분이라도 늦으면 너 두고 갈 거니까 알아서 해!"

소은이가 제자리에서 손나팔을 만들어 소리쳤다.

"저건 꼭 안 해도 될 말을 덧붙여서 욕을 벌더라."

내가 소은이를 쏘아보며 말했다.

"놔둬! 난 세상이 온통 무지갯빛이라서 심술궂은 소은이도 사랑할 수 있으니까."

열매가 발끝으로 춤을 추며 자기 자리로 돌아갔다.

내 속의 출렁거림은 나도 인정할 수가 없었다. 이런 복잡한 기분은 나한테 정말 안 어울리는 일이었다. 개폼이라도 할 수 없다. 일단 재준이와 열매의 일, 신경 끄기로 하자. 둘이 영화를 보든 축구장을 가든, 절대로 관심 갖지 말아야지.

방학하고 학원 시간이 저녁에서 오후로 바뀌었다. 방학 전에는 그나마 해가 들어간 뒤에 움직이니까 좋았다. 그런데 대낮에 땡볕에 고스란히 익은 채 학원에 들어가면 선풍기 수준도 안 되는 에어컨 때문에 더 열을 받는다.

토요일과 일요일 나는 휴대전화를 꺼 놓고 지냈다. 종일 입이 근지러워 견디지 못할 열매라는 걸 알고 있었지만 이게 최선이었다. 학원에 갈 때가 되어서야 휴대전화를 켰더니 고여 있던 문자 알림 소리가 쉬지 않고 들렸다. 나는 도로 휴대전화 전원을 끄고 집을 나섰다.

강의실에 들어가자마자 재준이가 기다렸다는 듯이 물었다.

"무슨 일 있냐? 너한테 연락 안 된다고 열매가 걱정하더라."

그 핑계로 재준이한테 전화 한 번 더 할 수 있었으니, 횡재했다고 좋아했겠지.

"전원 나간 걸 깜박 잊고 있었어."

"그런 걸 갖고 열매는……. 참, 좀 전에 열매가 문자 보냈는데……."

강의실 문이 열리며 선생님이 들어와서 재준이는 할 말을 다 못하고 자기 자리로 갔다.

나는 내 앞자리에 앉은 재준이 뒤통수를 한참 동안 노려보았다. 너 진짜 열매가 마음에 든 거야?

학원 시간이 끝나자마자 나는 재준이와 마주치지 않으려고 잽싸게 강의실을 나왔다. 강의실 안에서 재준이가 내 이름을 부르며 뭐라고 하는 것 같았지만 못 들은 척했다.

학원 일층 로비는 다음 시간을 기다리는 아이들 떠드는 통에 늘 소란스러웠다. 그 소란한 틈에서 익숙한 목소리가 들려왔다.

"우렁각시!"

갑자기 들이닥친 열매도 놀라운데 그 뒤에 소은이가 나를 보며 손을 흔드는 것이었다.

"어떻게 된 거야?"

나는 열매 팔을 끌어당기며 속삭였다.

"보육원 봉사 활동 갔다 오는 길이야. 오늘 재준이 만난다니까 소은이가 잠깐 얼굴이나 보고 가겠다고 해서……."

나를 만나러 온 게 아니라는 건 감 잡고 있었지만, 사전 예고도 없이 들이닥친 저것들을 보면 재준이가 꽤 당황할 텐데.

"아까 낮에 문자로 재준이한테 물어봤어. 너 잡아 놓고 있을 테니 오라고 그러던데."

열매는 얘기하면서도 연방 계단 쪽에서 눈길을 거두지 않았다.

"열매야!"

재준이 목소리가 들리기 전부터 나는 환하게 밝아진 열매 얼굴을 보고 재준이의 등장을 알아차렸다.

"재준이가 햄버거 쏜다고 했어."

나는 내키지 않았지만 딱히 핑계를 대지 못해 따라가고 말았다.

"우령이랑 어떤 사이세요?"

재준이가 햄버거와 콜라를 내려놓자마자 소은이가 다짜고짜 물었다.

아니, 저게 왜 나를 들먹이는 거지? 열매도 긴장하는 얼굴이었다.

"와, 무슨 심문하는 분위기네요. 우령이요? 6학년 때 전학 온 나를 물 먹인 친구죠. 쟤한테 맞고 선생님한테 바로 고자질하러 뛰어간 사이라고 해야 하나?"

재준이 너스레에 웃음소리가 커졌다. 소은이는 새침한 표정으로 입을 가리며 웃었다. 우, 재수!

"근데 소개도 제대로 안 해 주고 심문만……."

재준이가 난처한 얼굴로 말했다.

"내 정신 좀 봐. 얘는 소은이야. 같이 오려고 한 은빈이란 애는 학원 때문에 그냥 갔는데, 둘 다 우리 반 우등생이야."

열매가 소은이를 가리키며 말했다.

저게 소은이랑 다니면서 전염된 거 아냐? 왜 쓸데없는 소리를 한담?

"아, 그리고 오늘 소은이 덕분에 보육원 봉사 활동 갔다 왔거든. 가서 나 완전히 감동받았잖아. 소은이랑 은빈이랑 경휴는 그 동안 정기적으로 보육원 자원 봉사를 해 왔다는 거야. 원장 선생님이 애들을 천사 날개라고 부르는 거 있지? 난 오늘 처음 가서 뭘 어떻게 해야 할지 몰라 쩔쩔매는데 애들은 아기들 기저귀 척척 갈아 주고, 울면 어떻게 안아 줘야 하는지도 알고. 맞아, 그 많은 아이들을 일일이 다 기억하고 있더라고. 오늘 진짜 감동의 도가니였다니까."

열매, 너 또 오버한다.

"대단한 일 하시네요."

재준이도 빈말이라고 철철 넘치게 붓는다.

"야, 너희들 그냥 말 놓으면 안 돼? 도대체 적응이 안 되잖아!"

나는 기어이 한마디 하고 말았다.

"어떻게 처음 본 자리에서 말을 놓니? 혹시 불편하세요?"

소은이가 새쭉한 표정으로 재준이에게 물었다. 바보 같은 재준이가 고개를 가로저었다.

"좀 전에 열매가 대단한 일 하는 것처럼 말했지만, 가 보면 다 저희들처럼 돼요. 학기 초에 봉사 활동 점수나 따려고 간 곳인데, 아이들을 보고 나니 발길이 떨어져야지요. 그래서 여기까지 온 것뿐이에요."

소은이가 밉지 않다는 듯 열매를 흘겨보며 말했다.

"참, 소은이도 피아노 잘 치는데……. 재준이도 피아노 잘 친대. 교회에서 반주할 정도로."

속없는 열매가 갑자기 생각났다는 듯 손바닥을 치며 말했다.

"굉장히 잘 치나 봐요. 난 체르니 50번 치다 말았는데도 반주는 잘 안 되던데……."

소은이가 눈을 반짝이며 말했다.

"어후, 체르니 50번이면 대단한 고수네요. 난 40번 들어가자마자 관뒀어요. 그냥 치고 싶은 것만 골라서 치다 보니 반주까지 하게 된 거지, 잘 쳐서 그런 게 아니에요."

재준이가 창피한 듯 손까지 내저었다.

"6학년 때도 음악 시간이 되면 네가 곧잘 반주했잖아."

내가 퉁퉁거리며 말했다. 당연히 공격 대상을 소은이로 잡고 한 말이었다.

"와, 진짜 고수네요. 나도 교회에서 자꾸 반주하라고 하는데 나중에 도움 좀 받아야겠어요."

"큰일났다. 그나마 뻥친 것 고수 앞에서 다 들통나게 생겼네. 어쩌냐!"

재준이가 열매와 나를 보며 말했다.

"우린 열매한테 남자 친구가 생겼다고 하길래 처음에는 거짓말인 줄 알았어요."

소은이가 여우처럼 웃으며 말했다.

"아, 그래서 확인하러 온 거구나. 갑자기 열매가 친구랑 같이 온다기에 좀 당황했거든요."

재준이가 대답했다.

"난 그냥……."

열매가 우물쭈물 말을 흐렸다.

소은이가 기회를 놓치지 않고 냉큼 나섰다.

"그러게요. 열매한테 남자 친구가 생겼다는 건, 우리 반에서 거의 기적이나 다름없거든요. 아, 이건 열매 흉보는 말이 아니라는 거 알죠? 열매가 없다면 우리 반은 절간 같을 거예요. 뭐라고 할까, 우리 반의 활기 덩어리라고 해야 하나? 호호, 언젠가 열매가 화장실 갔다가 수업에 좀 늦게 들어온 적 있었거든요. 수학 선생님이 열매한테 수학 시간마다 화장실 갔다가 늦게 들어온다면서, 왜 너만 화장실에 자주 가냐고 물었어요."

"소은아!"

열매가 얼굴색이 흙빛이 되어 소은이를 불렀다.

"왜? 내가 널 인상적으로 본 게 그 사건 때문이었는데……. 얘가요, 눈 하나 깜짝하지 않고 그러는 거예요. 선생님, 이 험한 세상에서 살다 보면 무슨 일이 생길지 모르잖아요? 만에 하나 인신매매를 당하더라도 저는 끝까지 품위를 잃고 싶지 않거든요. 그래서 화장실은 저한테 아주 절박한 것이에요, 이러는 거예요."

이 정도면 거의 테러 수준이었다. 한마디 하려는데 열매가 내 손을 꼭 쥐었다. 참아 달라는 뜻이었다. 재준이도 얼핏 나와 눈이 마주치자 표정 관리하라는 신호를 보냈다. 더 있으면 사고칠 것 같았다.

"나 먼저 간다! 엄마가 빨리 오라고 한 걸 잊어버렸어. 미안!"

갖가지 생각에 빠져 있는 아이들을 남겨 둔 채 나는 집으로 돌아왔다.

시간이 갈수록 소은이보다 바보 같은 열매한테 더 화가 났다. 뭐가 무서워서 그 수모를 참아내는지…….

며칠 동안 나는 학원도 빠지고 열매 전화도 받지 않았다.

열매가 집으로 찾아온 건, 8월 어느 무더운 저녁 무렵이었다. 학원에서 돌아오는데 열매가 아파트 앞 놀이터에서 혼자 그네를 타고 있었다.

"신열매, 처량맞기는……. 이건 또 무슨 가슴 아픈 설정이냐?"

언젠가 열매가 나한테 한 말이었다. 열매는 말없이 놀이터 벤치를 가리켰다.

"나 재준이한테 차였다, 며칠 전에. 우리 그냥 좋은 친구 하기로 했어. 너한테는 얘기해야 할 것 같아서……."

열매가 담담하게 말했다.

"며칠 전에 소은이가 재준이 전화번호 가르쳐 달라기에 거절했는데…… 그거랑 무슨 관계 있어?"

내가 물었다.

"재준이 번호, 내가 가르쳐 줬어. 당분간 반주 기법 좀 배우려고 한대. 그래서 요즘 재준이네 교회에 나가나 보더라고. 소은이, 한번 불붙으니까 아주 적극적이던데."

"너 바보니? 왜 걔한테는 꼼짝 못하는데? 재준이가 소은이 좋대?"

"처음에는 성가셔하는 것 같더니 이젠……. 남자들 다 그렇잖아. 소은이는 공부도 잘하고 애교도 많고 얼굴도 예쁘잖아."

열매는 땅에 닿지 않는 두 다리를 흔들며 말했다.

"이그, 한심이. 너한테 소개해 준 건데 왜 그 재수 없는 계집애 좋은 일만 시키니? 그 계집애 따귀라도 한 대 올려붙였어야지. 어우, 속 터져!"

"그럼 뭐가 달라지냐? 나도 언젠가는 내가 세상에서 가장 예쁘다는 남자 만나게 될 날을 기다리는 게 낫지. 지금은 비록 조연이지만 말이야. 상대성 원리…… 아주 훌륭한 이론 아니니?"

열매가 쓸쓸하게 웃으며 말했다.

"재준이는 좀 다른 줄 알았지. 겨우 여우 같은 것한테 넘어갈 거면서 내 앞에서 그렇게 잘난 척한 거잖아. 아니, 근데 왜 하필 소은이냐고! 게다가 그 계집애는 널 뭘로 알고 그렇게 들이대는 건데!"

내가 벤치에서 일어나 소리쳤다.

"흥분할 거 없어. 내가 범우주적인 샤방샤방표 총알받이잖아!"

열매가 비척이며 일어나 말을 이었다.

"너도 만만해서 나를 재준이한테 소개해 준 거 아냐? 그래서 재준이랑 나랑 좀 잘되는 것 같으니까 불편해한 거고. 난 그게 소은이 일보다 훨씬 더 신경 쓰였어. 이젠 다 알았지만 그때 너한테 묻고 싶었던 세 가지 중 마지막 질문이 바로 이거였어. 내가 너한테는 상대적으로 만만한 존재라서 선택된 거냐고."

와락 부끄러움이 밀려왔다.

그런 거 아니라고, 열매 너를 그렇게 생각한 적 없다고 해야 하는데, 그런 말은 끝내 나오지 않았다.

열매가 피식 웃으며 한마디 덧붙였다.

"듣기 좋은 거짓말도 못할 거면 미안하다는 말이라도 하지. 다양하게 무능한 우렁각시, 내가 널 알아도 너무 잘 안다, 그렇지?"

열매 모습이 완전히 보이지 않을 때까지 나는 그 자리에서 한 발짝도 움직일 수 없었다. 아마도 오래도록 나 자신을 용서할 수 없을 것이다.

텅 빈 놀이터에는 어둑해지도록 길고 긴 해 그림자가 남아 가뜩이나 지루한 시간을 잡아 늘이고 있었다.

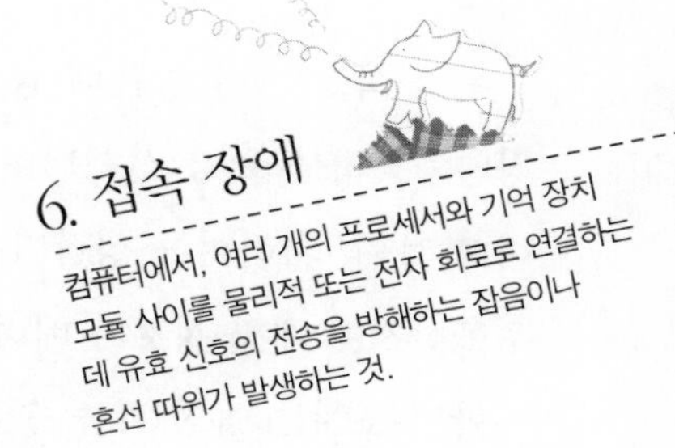

6. 접속 장애

컴퓨터에서, 여러 개의 프로세서와 기억 장치 모듈 사이를 물리적 또는 전자 회로로 연결하는데 유효 신호의 전송을 방해하는 잡음이나 혼선 따위가 발생하는 것.

'뭐야, 네 인생에 급식 말고 더 중요한 게 또 있었어? 지금이 전시라는 걸 잊었어? 빨리 굴러 와!'

열매의 전시란 말에 정신이 바짝 들었다.

타다다다닥! 이렇게 뛰고 싶었지만, 4층부터 해일처럼 밀려 내려오는 3학년 언니들을 보니 그 틈에 낄 자신이 없었다. 나는 언니들한테 부딪히는 불상사를 막기 위해 최대한 몸을 웅크린 채 벽에 바짝 붙어서 한 걸음씩 뗐다. 3학년 언니 하나가 내 몸이 불편한 줄 알고 도와주려다가 1학년이라는 걸 알고는 금세 비웃는 표정으로 나를 앞질러 갔다.

아무리 대학 입시가 치열하다고 한들, 우리 학교 급식 전쟁만 할까?

우리 학교는 다 좋은데 급식실이 작은 게 흠이다. 내년이면 정년퇴직하는 교장 선생님이 대한민국 헌법이 보장하는 노처녀다 보니, 자라나는 성장기에 우리가 잘 먹지 못하면 얼마나 우울한지에 대한 정보와 배려가 부족하다.

학년 초에는 아침 보충 수업을 하는 3학년 언니들이 11시 50분부터, 1, 2학년은 12시 20분부터 점심을 먹었다. 그러나 3학년들이 쓸고 간 급식대에는 반찬 한두 가지가 부족하거나 밥이 모자라는 비극적인 사건이 언제나 우리를 기다리고 있었다.

식당 아줌마한테 빈번하게 항의를 해 보지만, 돌아오는 대답은 여분의 준비가 아무 의미 없다는 거다. 한 솥을 하거나 두 솥을 하거나 3학년 언니들은 늘 일정하게 아슬아슬한 양을 남겨서 아주머니도 〈세상에 신기한 일이〉라는 프로그램에 제보할까 고려 중이라고 했다.

어쨌거나 우리도 먹어야 산다! 입학 초반에는 선배에 대한 예우 차원에서 배고픔을 매점에서 공수한 간식들로 보충하며 겨우겨우 연명했지만, 2학기가 되고 나니 하늘 같은 선배고 뭐고 간에, 배 터지게 먹고 장렬하게 전사하겠다는 전의만 불타올랐다.

그래서…….

우리 반 아이들은 급식에 관해서 저마다 하고 싶은 말을 써서 1층 교장실을 중심으로 복도 바닥에다 우리의 의지를 강력하게 보여 주기로 했다.

'3학년만 사람인가! 우리도 사람답게 먹고 싶다!'

'우리에게 급식 아니면 매점 공짜 쿠폰을 달라!'

'세계 평화를 위한다면 우리에게 정직한 급식을!'

'5교시부터 배고픈 우리, 휘적휘적 돌아가는 치마허리!'

"야, 그건 좀 아니라고 본다! 너, 양심이 있는 애냐? 자칫하다가는 목적 달성은커녕 괘씸죄까지 추가되면 어쩌려고!"

열매가 마지막에 쓴 문구를 보고 은빈이가 말했다.

"극적인 효과를 주자는 건데 뭐 어때! 설마 교장 선생님이 줄자 들고 확인 나오겠냐?"

본인 몸매의 한계치까지 줄여 박은 치마 솔기를 최근에 다시 몽땅 뜯어낸 걸 하늘이 알고 땅이 아는데도 열매는 당당했다. 결국 한 장이라도 더 붙여야 충격 요법 효과가 있을 거라는 경휴 말에 우리는 말도 안 되는 글이지만 인정하기로 했다.

우린 이 일을 비밀리에 진행하는 건 그 의미를 퇴색시킬 뿐이라는 데에 의견을 모았다. 아침 조회 시간 직전에 벌 떼처럼 몰려가서 우리가 준비한 종이로 1학년 복도부터 교장실 앞 복도까지 바닥을 도배했고, 교장실 문 앞에는 특별히 신경 쓴 문장들을 집중적으로 붙였다. 혹시 있을지도 모를 교장 선생님의 무대응에 대처하기 위해 우리는 체육복으로 갈아입고 등 뒤에 자기가 쓴 글을 붙이고는 학교 안을 배회했다.

우리의 깜찍한 거사는 1, 2학년의 열화와 같은 호응에 힘입어 은란여중 역사에 기록해도 될 만한 선명한 족적을 남겼다.

들어오는 선생님마다 킥킥거리며 결과가 기대된다고 치켜세웠고, 다른 반 아이들은 우리 교실로 원정까지 와서 파이팅을 외치고 돌아갔다. 무서운 담임선생님조차 공부하기 싫으니까 별짓 다 한다는 핀잔 정도로 넘어갔다. 자칫 먹고사는 문제에 태클 걸었다가 우리의 저항만 거세질 뿐이라고 판단한 게 틀림없었다.

아무튼 그 역사적인 날 종례 시간에 교장 선생님 특별 방송이 있었다. 지금까지 급식에 문제가 있다면 대개 위생에 관한 것이지, 양이 모자라서 문제가 생겼다는 건 듣도 보도 못한 얘기라면서 앞으로 두 달간 시험적으로 급식 시간을 전 학년 일괄 적용하겠다는 거였다. 그리고 교장 선생님의 인상적인 마지막 말씀.

"복도 바닥에 붙인 절규 가득한 종이는 오늘 중으로 떼 주기 바랍니다. 그 글만 보면 시간 시간 배가 고파져서 가까스로 유지해 온 제 체중이 시험에 들까 두렵습니다."

그러고 나서부터 학교 전체에는 4교시만 되면 생존이 걸린 긴장감이 맴돌았다. 전교생이 동시에 몰려나오다 보니 줄은 급식실 문 밖 계단 위까지 늘어섰고, 운 나쁘면 점심시간 내내 줄 서 있다가 겨우 밥만 먹고 끝나기도 했다. 그래도 신기한 건, 전 학년 일괄 적용 급식을 하면서부터 '질량보존의 법칙'을 의심의 여지가 없는 진리로 받아들이게 되었다는 거였다.

그러나 3학년 언니들 입장에서 우리 행동은 쿠데타요, 하극상이었다. 감히 선배의 쾌적한 식사 시간에 돌을 던진 행위야말로 처절한 응징을 감수하겠다는, 되도 않는 배짱으로 보였을 것이다. 딱 일주일 지나자마자 3학년 언니들이 교장실에 탄원서를 냈다는 소문이 학교 안에 파다했다. 일분일초가 아까운 수험생들이 점심시간을 40분이나 줄 서는 데 낭비할 수 없다는 것과 3학년으로서 마땅히 받아야 하는 대접을 받고 싶다는 탄원서 내용까지 세세하게 알려졌다.

하지만 우리의 영원한 정신적 지주인 교장 선생님은 수험생이나 선배라는 이름으로 특권층을 비호하지 않겠다는 것과, 애초에 두 달이라고 한 약속을 지키겠다는 원칙을 분명히 밝혔다고 했다.

그 결과 3학년 언니들의 분노는 극에 달했고 그 대상이 1학년, 그것도 겁 없이 사고친 우리 반 아이들이라는 사실은 친절하게 설명해 주지 않아도 모두 주지하는 상식이었다. 3학년 언니들은 1학년이라면 먼저 인상부터 쓰고는 6반 아니냐며 공포 분위기를 조성하기 일쑤였다.

어느 날 아침에는 교실 칠판 한 가득 협박성 문구가 써 있었다. 누구도 선뜻 나서서 '까불지 마라! 다치는 수가 있다!'라는 말을 지우지 못해 전전긍긍하다가 담임선생님 들어오기 직전에 임원들이 나가서 겨우 지웠다. 교문 앞에 불량스러운 언니들이 기다린다는 소문에 한동안 우리 반 아이들은 똘똘 뭉쳐 다니기도 했다.

우리의 거사를 맹렬하게 지지하던 2학년 언니들이나 다른 반 아이들도 급식 시간만 되면 우리를 영웅이 되고 싶어 안달 난 애들 취급을 하며 복잡해진 상황을 성가셔했다. 그 시간들을 통해 우리가 얻은 교훈은 평등, 평화, 민주, 화합, 통일 그리고 급식 쟁취에는 누군가의 희생이 필요하다는 것이었다.

그럼에도 불구하고 급식 시간이 되면 생존을 위해 너나없이 뛰어야 했다. 급식에 목숨 거는 열매는 몇 번의 경험을 바탕으로 오늘은 아예 수업 마치기 5분 전에 화장실 간다고 나가더니 혼자 급식실에 간 모양이었다. 나는 끝도 없이 늘어선 줄 맨 뒤에 서 있다가 열매가 내 급식까지 받아 놓았다는 문자를 받고서 유유히 안으로 진입했다.

"여기야, 우렁각시!"

우리 학교 급식실에도 로열박스는 존재한다. 급식대에서 좀 떨어져 있으나 아주 구석지지 않은 자리, 차례를 기다리는 사람들의 부러운 눈길이 꽂히는 바로 그 자리가 로열박스다. 그 자리에서 열매가 호기롭게 나를 불렀다. 그 곁에서 은빈이와 승민이도 손을 흔들었다. 급식 시간에 몇 번 같이 앉아서 밥 먹은 인연으로 요즘 갑자기 친해진 아이들이었다.

"느긋하게 양껏 먹으니까 세상이 아름다워 보이지 않냐?"

열매가 환하게 웃으며 말했다. 급식실 바깥까지 늘어서 있는 줄을 보니 상대적인 쾌감이 식욕을 증진시킨다나 어쩐다나. 3학년 선배들의 험악한 눈길 따위는 안중에도 없는 모양이었다.

열매가 밥 먹는 속도가 느린 우리 때문에 다 먹고도 일어날 수 없다고 한바탕 너스레를 떨었다.

"일어나도 돼! 가도 된다고! 네가 그렇게 떠드는데 이 음식이 위에 들어간들 우리 몸을 위해 제대로 작용이나 하겠냐?"

은빈이가 손짓까지 하면서 열매더러 가라고 했다.

"나 가고 나면 이 자리에 깃들 적막, 너희들이 감당할 수 있을 것 같아? 나 진짜 간다!"

열매가 일어나서 가는 시늉을 하며 말했다.

"잠깐만, 열매야. 거기에 그냥 있어 봐!"

승민이가 의미심장한 눈짓으로 열매 뒤를 가리켰다. 식판을 들고 오도 가도 못하던 아이 하나가 우리 자리를 기웃거렸다.

"너, 우리 다 먹을 때까지 절대로 자리 뜨지 마!"

은빈이가 목소리까지 낮추며 비장하게 말했다.

열매 눈빛이 장난으로 번뜩였다.

"왜, 내가 없어야 이 음식이 너희 위에서 제대로 작용한다며?"

"엉뚱한 짓 하지 말고 가만히 있어! 혜린이가 오면 진짜 비상사태가 된단 말이야!"

은빈이가 아예 애원하는 눈빛으로 말했다.

나는 혜린이가 누군지 몰라 돌아보다가 우리 자리를 보고 있는 아이와 눈이 마주쳤다.

"왜? 보기엔 멀쩡한데. 재가 혜린이 맞지? 소문대로 진짜 4차원이냐?"

열매가 식탁 위에 납작 엎드리며 물었다.

"오죽하면 같이 먹을 사람 하나 없어서 저렇게 방황하고 있겠냐! 재네 반 아이들도 다 손든 거야. 은빈이랑 나랑 6학년 때 재 때문에 고생한 걸 생각하면……."

승민이가 고개를 절레절레 흔들다 혜린이와 눈이 마주쳤는지 금세 딴청을 부렸다.

"저렇게 방황하는데 그냥 밥만 먹자고 하면 안 돼?"

내 말에 은빈이랑 승민이 표정이 절망적으로 변했다. 밥만 먹자는 말이 그렇게 절망스러웠나, 의아해하는데 내 뒤에서 생소한 목소리가 들렸다.

"은빈아, 승민아, 네 친구 다 먹었으면 나 좀 앉아도 되니?"

열매가 은빈이와 승민이를 향해 씩 웃어 주고는 자리에서 일어나며 말했다.

"그럼, 난 다 먹었어! 여기 앉아서 먹어도 돼!"

은빈이랑 승민이가 거의 사색이 되어 남은 밥을 국에 말아 입에 넣었다. 나한테도 빨리 먹으라고 눈짓을 하면서. 원체 밥 먹는 속도가 느리기도 하지만, 그보다 혜린이란 애가 얼마나 대단하기에 은빈이네가 저러나 궁금해서라도 나는 서둘지 않았다.

혜린이가 열매 자리에 앉자마자 은빈이가 일어나며 말했다.

"우린 다 먹었는데……."

"그래? 내가 너무 늦게 왔구나. 난 괜찮으니까 먼저 가."

뜻밖의 반응이긴 하지만 기함할 정도는 아니었다. 이 정도로 전염병 환자 취급할 것까지야…….

은빈이, 승민이가 차례로 내 어깨를 두드리며 식판을 갖다 놓으러 갔다. 구경이라도 하고 싶어 기웃거리던 열매는 은빈이와 승민이 손에 억지로 끌려갔다.

"참 괜찮은 애들이지, 은빈이랑 승민이."

혜린이가 웃으며 내게 물었다.

"어? 어."

좀 전에 은빈이와 승민이가 혜린이를 두고 한 말을 생생하게 떠올리며 나는 대충 얼버무렸다.

"은빈이 승민이랑 한 반이라서 좋겠다. 우리 셋 가운데 나만 외따로 떨어졌거든."

이런 때에는 뭐라고 해야 하나? 대답할 말이 궁해서 나는 혜린이를 엿보며 눈치를 살폈다. 아까 무심코 뒤돌아봤을 때 웃음짓던 그 표정 그대로 내 눈에 들어왔다. 마치 태어날 때부터 그런 표정이었던 것처럼 말할 때나 밥 먹을 때, 나를 바라볼 때에도 혜린이 표정은 변함이 없었다. 혹시 너무 오래 저 표정만 짓다 보니 근육이 그대로 굳어진 건 아닐까?

"은빈이랑 승민이랑 친했니?"

내가 할 수 있는 소리란 겨우 이 정도였다.

"그럼. 일년 내내 거의 붙어 다닌걸. 걔들이 얘기 안 해?"

"마, 맞다. 너랑 6학년 때 한 반이었다고……."

어찌나 당황했는지 나는 말도 더듬었다. 혜린이 옆얼굴 너머 급식실 문 앞에서 은빈이와 승민이가 빨리 나오라고 손짓하는 게 보였다. 그 틈에 열매가 슬그머니 우리 자리로 오려다 은빈이네한테 잡혀서 울상을 짓고……. 그 모습이 하도 민망해서 나는 일부러 고개를 돌렸다.

"너희 반 재미있다고 소문났더라. 6반 거사……."

혜린이가 내 쪽을 보며 말했다.

사뭇 똑같은 웃음. 표정이 생각의 일부를 전달한다고 믿는 나는 혜린이 속을 전혀 짐작할 수가 없었다. 괜히 혜린이 표정을 따라 지어 보며 속으로 감탄을 금치 못했다.

"혹시 날 기다려 준 거니?"

혜린이가 내 식판을 가리키며 물었다.

나는 식판이 비워진 줄도 모르고 앉아 있었다는 걸 그제야 알아차렸다.

"음, 그렇지 뭐."

고개를 끄덕이며 어설프게 웃었지만, 내 표정 관리에는 한계가 있었다. 식판을 들고 엉거주춤 일어나는데 혜린이가 따라 일어나며 말했다.

"만나서 반가웠어. 은빈이랑 승민이 친구면 나한테도 친구 맞지?"

난처하지만 아니라고 얘기하기 어려운 상황이었다.

어디서 우리 둘을 몰래 보고 있는 건지, 열매가 빨리 식판 갖다 두고 등나무 벤치로 오라고 문자를 보냈다. 하여튼 인간…….

"뭐래, 그 4차원이?"

"별말 안 했어. 너희들과 옛날에 아주 친했던 것처럼 얘기하던데?"

은빈이랑 승민이가 어이없다는 듯 얼굴을 마주 보았다.

"뭐, 특별하게 꼬인 데도 없고 잘난 척하는 것도 아니고, 너희들이랑 다닌다고 나를 부러워하는 눈치더구만. 너희 둘이 너무 예민하게 구는 거 아냐?"

"혜린이에 대해서는 설명 불가야. 직접 당해 보지 않고는 절대로 모르는 뭔가가 있다고!"

은빈이가 억울하다는 듯 말했다.

"뭔가가 뭔데?"

열매가 눈을 반짝이며 물었다.

"다른 말 한 건 없고?"

승민이가 열매 말을 무시하며 내게 물었다.

"뭐, 별로. 아, 나한테 묻던데. 너희하고 친구면 자기한테도 친구 맞냐고."

"그래서 뭐라고 그랬어?"

은빈이가 범인 취조하듯 물으니 약간 기분이 상했다.

"그럼 그 상황에서 넌 4차원이라서 친구 할 수 없다고 하겠냐? 그냥 고개만 끄덕였지."

"제대로 낚였네, 낚였어. 우리가 손짓할 때 얼른 나올 것이지. 이제 어쩌냐?"

은빈이가 호들갑을 떨며 말했다.

"내가 물고기냐? 낚이긴 뭘 낚여! 그리고 같은 반도 아닌데 오다가다 만나면 아는 척만 하면 되지, 뭘 어쩌냐고!"

난 별일도 아닌 걸 갖고 지나치게 유난 떠는 은빈이를 이해할 수가 없었다. 상대적으로 혜린이가 딱하기도 했고.

"듣다 보니 너 자꾸 우리만 이상한 애로 모는 것 같은데, 한번 당해 본 뒤에 얘기하자고! 분명히 말하는데, 혜린이가 있는 자리에 우린 안 가! 알았지?"

은빈이는 내 말에 샐쭉해져서 교실로 들어갔다. 승민이도 우리 눈치를 살피며 어색하게 은빈이를 따라갔다.

"야, 우렁각시! 은빈이랑 승민이가 특별히 이러쿵저러쿵 뒷말하는 애들이 아닌데도 저렇게 질색하는 걸 보면 걔 정말 뭔가 있는 거 아닐까?"

열매가 고개를 갸웃거리며 물었다.

"오늘 혜린이 갖고 내내 뒷말한 거 못 봤어? 아무튼 속은 좁아 터져서……."

내가 혀를 끌끌 차자 열매도 똑같이 혀를 차며 말했다.

"그러게. 근데 난 왜 우렁각시도 오늘은 좀 오버하는 것 같지?"

그 뒤부터 혜린이는 점심시간만 되면 우리 앞에 나타났다. 교묘하게 은빈이와 승민이가 반쯤 먹었을 즈음 나타나 나한테 앉아도 되느냐고 물었다.

그런 일이 서너 번 반복되자 은빈이와 승민이는 혜린이를 떨쳐 내지 않으면 급식 시간에 따로 앉겠다고 선언했다. 열매는 사태의 심각성을 깨닫고 내게 태도를 분명히 하라고 했다.

딱히 혜린이를 떨쳐 낼 명분은 없지만, 그렇다고 함께 밥 먹는 친구들을 내치면서까지 혜린이를 선택하고 싶은 건 아니었다.

"저기, 너희 반에는 같이 밥 먹을 친구 없니?"

혜린이가 밥 먹다 말고 나를 바라보았다. 솔직히 나는 혜린이 표정을 읽어 낼 수가 없어서 더 조바심이 났다.

"그건 왜? 나랑 밥 먹는다고 다른 아이들이 뭐라고 하니?"

이건 아무것도 모른다는 말인데…… 이 정도로 상황 판단이 안 되는 애였나?

"아니, 그게 아니라, 다른 반 아이가 끼니까 좀 불편하긴 한가 봐."

여기까진 예상 질문을 대비해서 준비한 내 모범 답안이었다.

"은빈이랑 승민이가 그랬지? 그랬을 거야. 불편해할 거라고 생각했어."

뭐야, 이건 감 잡고 있었다는 말이잖아? 도대체 네 정체는 뭐니? 진짜 4차원인 거야?

"예전에는 친했다면서? 무슨 계기라도 있었니?"

앗! 이건 내 실수다. 답안지 제출했으면 하늘에 운명을 맡길 일이지, 새삼스럽게 왜 써낸 답을 의심하는 거냐고, 진우령!

"내가 그 애들을 가슴 아프게 했거든. 아마 상처가 되었을 거야."

혜린이가 모호한 표정으로 담담하게 말했다. 소설책이나 노래 가사에 나올 법한 '가슴 아프게'라든지 '상처'라는 말을 아무렇지 않게 쓰다니……. 내가 감당할 수 있는 애가 아님은 점차 분명해졌다. 그러나 진짜 심각한 건 내 호기심이었다.

"무슨 실수를 했는데?"

"지금은 말하고 싶지 않아. 얘기하다 보면 나한테 유리한 말만 골라서 하게 될 거야. 원래 사람이란 그런 거잖아. 그리고 또…… 내 상처도 아직 아물지 않았거든."

혜린이가 식판만 내려다보며 말했다.

최악의 경우 혜린이한테 재수 없다는 소리까지 들을 각오로 말을 꺼낸 건데, 또 내 예상은 한참 빗나갔다.

"다 먹었으면 이제 그만 일어나자."

이것으로 나도 내가 맡은 역을 마치고 무대에서 그만 퇴장하고 싶었다. 그러나 혜린이는 꿈쩍도 하지 않은 채 무대 밖으로 나가길 거부했다. 나는 다시 한 번 가자며 혜린이 식판까지 들고 돌아서다가 그만 누군가와 부딪쳤다. 급식실 바닥에 식판 떨어지는 소리가 요란했다.

"뭐야!"

하필 빈자리를 찾아 식판을 들고 가던 3학년 언니와 부딪치는 바람에 그 언니의 구두와 다리는 내가 남긴 반찬으로 엉망진창이 되었다.

"제가 미처 못 봤어요. 죄, 죄송합니다."

식판 떨어지는 소리에 사람들이 몰려들었고, 나는 허둥대며 휴지를 찾았다.

"참 내, 또 1학년이야? 뭐니, 넌? 왜, 이제는 우리가 뒤늦게 밥 먹는 꼴도 못 봐주겠어?"

나와 부딪친 언니가 앙칼지게 쏘아붙였다. 이 험악한 때에 하필 3학년 언니한테 사고를 치다니……. 나는 휴지를 찾아 들고도 어찌해야 할 바를 몰라 고개만 숙이고 서 있었다.

"너 몇 반이야? 설마 6반?"

나와 부딪친 언니 곁에 서 있던 다른 언니가 내 손에서 휴지를 빼어 들며 물었다.

나는 고개를 들지 못하고 죽은 듯 있었다.

"진짜 6반인가 보네. 야, 넌 입에 자물쇠를 달았어? 아니면 선배 말이 우스워? 6반이야, 아니야?"

"정말 죄송합니다! 주의하겠습니다!"

"일 저질러 놓고 주의하겠다? 왜, 사람 죽이고 다신 안 그러겠다고 하지?"

언니들 빈정거리는 소리가 끝도 없이 들려왔다. 주위에 몰려든 사람들까지 덩달아 한마디씩 하고. 나는 필사적으로 아는 얼굴을 찾았지만, 낯익은 얼굴이 눈에 띄지 않았다.

누군가 내 손에 물휴지를 건넸다. 앉아서 반찬 흔적이라도 지워야 하는데 다리가 후들거렸다. 그 때 혜린이가 내 손에서 물휴지를 빼앗아 3학년 언니 다리와 구두를 닦았다.

"왜 이래? 넌 또 뭐야!"

3학년 언니가 놀라서 물러서며 소리쳤다.

혜린이는 날 선 언니들 서슬에 더 싹싹하게 다가갔다.

"저 때문에 사고가 난 거예요. 재 아파서 정신 하나도 없는데 제가 장난치다가……. 정말 죄송해요, 언니. 한 번만 봐주세요, 네?"

혜린이한테 저런 면이 있었나? 나는 어질어질한 상태로 혜린이를 바라보았다.

"점심시간 얼마 안 남았어!"

누군가 소리쳤다.

착착 감기는 혜린이한테 잠시 정신을 빼앗긴 듯싶던 언니들이 나를 보며 운 좋았다는 말을 남기고 식탁으로 흩어졌다.

"고맙다는 말 안 해도 돼. 너무 당황하는 것 같아서 나선 거니까."

혜린이가 급식실 바닥을 꼼꼼하게 닦고는 내 식판까지 들고 내 앞을 지나갔다.

살았다는 안도감보다 누군가 나를 알아봤을지도 모른다는 두려움이 먼저 엄습했다. 좀 전까지 애타게 아는 얼굴을 찾았건만, 상황이 끝나고 나니 언니들 앞에서 벌벌 기며 우왕좌왕한 내 모습이 또렷하게 떠오르는 것이다.

등나무 아래에서 내 승전보를 기다리던 은빈이가 혜린이와 주고받은 얘기를 전해 듣고는 사납게 되물었다.

"걔가 그래? 우리한테 결정적인 실수를 했다고?"

나는 고개를 끄덕였다. 머릿속에서는 나 대신 3학년 언니 구두를 닦던 혜린이 모습이 떠나지 않았다.

"그 4차원이 너희한테 무슨 짓을 저질렀는데? 얘기해 봐."

열매는 뭔가 재미있는 것을 찾은 듯 호들갑을 떨었다.

"아, 우리도 몰라. 걔 또 시작이다. 그냥 병이라고 생각해."

은빈이가 짜증 섞인 목소리로 대답했다.

"좀 알아듣게 얘기해 주면 안 돼?"

나도 은빈이 못지않게 짜증이 났다.

"우리가 어떻게 설명한다 해도 넌 이해할 수 없어. 말로 설명할 수 없어서 우리가 더 답답하다니까."

승민이 대답도 내게는 혜린이를 점차 안개에 싸인 신비스러운 존재로 만들 뿐이었다. 좀 전에 궁지에서 나를 구해 준 것만 해도 그렇고.

"내가 장담하는데, 걔랑 엮여서 다니다 보면 곧 우리 심정을 이해하게 될 거야. 이건 인간성이니 우정이니 왕따니, 뭐 그런 걸로 설명할 수 없는 거라니까. 내가 너한테 해 줄 말은 딱 두 마디야. 진우령, 안됐다. 어쨌든 잘해 봐!"

은빈이는 내가 끼어들 틈도 없이 속사포처럼 쏘아 대고는 자리에서 일어났다.

"전혀 예측할 수 없는 결말이라…… 점점 더 흥미진진해지는데?"

새쭉해져서 돌아서는 은빈이와 승민이를 보면서 열매가 내게 말했다.

"진짜 흥미진진하게 해 줘? 네가 원하는 결말이 뭔데?"

남의 집 불구경하듯 천하태평인 열매가 은빈이나 승민이보다 더 얄미웠다.

"안 돼, 절대로 안 돼! 결말을 미리 알면 재미없다고! 가뜩이나 우렁각시 역할이 뻔해서 김새려고 하는데 말이야."

"내 역할이 뭔데? 난 하나도 모르겠으니까 네가 말해 보시지."

나는 열매를 노려보며 말했다.

"뭐 은빈이랑 승민이 말의 시시비비를 떠나서 너한테 모호한 진실은 고문이잖아. 네가 쟤들 말만 듣고 호기심을 누를 수 있겠어?"

열매가 키들거리며 말했다. 나에 대해서 알아도 너무 많이 안다, 열매는.

"너도 그 애의 진실을 알고 싶지 않아?"

내가 은근한 목소리로 열매를 구슬렸다.

"알고 싶지. 하지만 난 무모하지 않으니까 그냥 널 지켜보면서 대리 만족할래."

"너무 얍삽하다는 생각 안 들어?"

내가 빈정대며 되물었다.

"현명하고 합리적인 거라고 여겨 줘!"

웬만해서는 열매를 엮을 수가 없다. 내 입에서 한숨이 새어 나왔다. 급식실에서 있었던 일을 열매한테 얘기해야 하나 말아야 하나 잠시 갈등이 일었다. 종료된 상황이지만, 이쯤에서 부는 게 좋을 것 같았다.

"어쩐지…… 뭐가 있지 않고 네가 그렇게 죽자고 편들 이유가 없다고 생각했지. 근데 걔 정체가 진짜 뭐니?"

"어쨌든 분명한 건, 은빈이와 승민이 말만 듣고 혜린이를 이상한 애로 몰 수는 없다는 거야."

"그래, 그런 대의명분이라도 있어야 우렁각시 호기심도 떳떳하겠지."

"야!"

열매가 혀를 날름거리고는 교실 쪽으로 뛰어갔다. 그래도 열매한테 털어놓길 잘한 것 같았다. 마음이 훨씬 가벼워졌다.

아직 나한테는 내가 본 세상이 전부다. 온전히 내가 보고 듣고 겪은 일들로 판단하고 선택할 수 있는 명쾌하고 분명한 열네 살의 세상. 그런데 그 세상에도 명쾌하고 분명하지 않은 것이 있다는 걸 새삼 깨닫는다. 내가 판단하고 선택하기보다는 나도 모르게 끌려 들어가는 일종의 인력이라는 게 존재한다는 것이다. 혜린이 일이 그런 경우였다. 혜린이에 대한 감정도 확인하지 못한 채, 심지어 은빈이와 승민이가 경고했음에도 불구하고 나는 어쩌지 못하고 상황에 떠밀려 혜린이라는 블랙홀로 빨려 들어가고 있었다. 어쩌면 운명이란 것도 이런 게 아닐까? 어떤 상황에서 내 의지와 상관없이 판단이나 선택이 아무 의미가 없어지는 것 말이다.

나는 가능하면 혜린이를 어떤 선입견도 없이 만나야겠다고 생각했다. 그게 가능할지는 잘 모르지만.

미안한데…… 오늘 영화관 가기로 한 거 있잖아, 취소하면 너 화낼 거지?

또 시작이구나 싶었지만, 혜린이한테는 내 기분을 그대로 드러내는 것도 조심해야 했다.

일 있으면 못 가는 거지, 뭐. 그런데 무슨 일 있어?

급식실 사건으로 혜린이와 나는 급격하게 가까워졌다. 여기서 가까워졌다는 건 등하교 시간에 만나고 같은 학원을 다니며 어울려 다닌다는 뜻이 아니다. 그냥 급식실에서 짝꿍처럼 함께 밥 먹는 것뿐이다. 복도에서 마주쳐도 눈짓만 하지, 백만 년 만에 만난 것처럼 수선 떨거나 소란스레 굴지 않는다. 우리는 종일 거의 문자만 주고받는다. 그건 혜린이가 원하는 방식이었다. 무엇보다 부담스럽지 않아서 나도 좋았다.

"친구란 이름으로 지나치게 집착하거나 자기 소유물처럼 여기는 건 옳지 않다고 봐. 떨어져 있어도 서로 이해하고 인정하는 사이야말로 진정한 친구 아니니?"

혜린이가 한 그 말은 내게 거의 명언처럼 들렸다. 내가 열매한테 그 이야기를 그대로 전하자, 친구라는 이름으로 지나치게 집착하고 심지어 친구를 자기 소유물로 여기는 열매는 바로 콧방귀를 뀌었다.

"흥, 말 그대로 4차원식 우정이네. 우렁각시 설마 나한테 그런 걸 강요하는 건 아니지? 분명히 말하는데 너와 내가 사는 곳은 3차원 세계라고! 아무래도 너희 사이, 관리가 좀 필요한 듯싶다."

가끔 어울릴 일이 있으면 열매는 관리자 자격으로 끼어서 이런저런 참견을 하다가도 금세 혜린이 말투에 적응하지 못하고 떨어져 나갔다. 21세기 디지털 우정이 자기한테는 벅차다나?

교실에 앉아 있는데 구름이 너무 멋진 거야. 생각해 봐, 이런 날 영화관에 틀어박혀 있는 거 너무 답답하지 않겠어?

나름 큰맘 먹고 영화 한 편 쏠 테니 점심 사라고 문자를 보냈을 때만 해도 혜린이는 좋다고 헤롱헤롱 이모티콘으로 대답했었다. 그러더니 한 시간도 채 되기 전에 마음이 바뀐 것이다.

어쨌든 나는 김이 팍 샜다. 엄마 친구가 집에 놀러 와서 모처럼 생각지도 못한 부수입이 생겼다. 백만 년 만에 생긴 부수입인데 난들 사고 싶은 게 없겠느냐고! 요즘 입을 만한 티셔츠도 없고, 인터넷 쇼핑몰에서 철 지났다고 가격 세일에 들어간 슬리퍼에 꽂히는 것을 가까스로 참으면서 영화 보자고 한 건데……. 그런 깊고 절절한 내 호의를, 다른 것도 아닌 매일 보는 구름 때문에 거절하다니…….

답이 없는 걸 보니 화났구나. 그래도 이해해 줘. 이런 날 실내에 있으면 숨이 막힐 것 같아서 그래, 응? *.<

발랄한 이모티콘이 한쪽 눈을 찡긋하며 나를 본다. 혜린이가 요즘 새롭게 구사하는 애교 작전이었다. 어울리지는 않지만 최선을 다하는 혜린이 마음이 와 닿았다.

아니야, 화 안 났어. 어디로 가는 게 좋을까 궁리 중이야.

그건 왜? 혹시 우령이 너도 같이 가려고? 미안한데 오늘은 나 혼자 가고 싶어. 이해해 줄 거지?

힉, 이렇게 당황스러울 데가…….

그래? 그럼 그렇게 해. 난 나대로 계획 잡을 테니까.

그럼 오늘은 계획대로 멋지게 보내고 월요일에…….

한심한 진우령, 그 순간에 오버하다니. 나는 손에 들고 있던 휴대전화를 집어던져 버리고 싶은 걸 간신히 참았다.

솔직히 나는 진지함 하나 없이 탁구 치듯 쉬지 않고 받아치는 열매 같은 친구들만 보다가 지나치게 정중해서 낯간지럽긴 하지만, 말 한마디 한마디에 진심이 실린 혜린이 문구가 처음엔 신선했다. 그러나 영원함이란 없는 법, 가끔 방향 모르고 튀는 럭비공 같은 혜린이 말투에 무던한 줄 알았던 나도 서서히 질려 가고 있었다.

"공짜로 영화를 보여 주겠다니, 어쩐지 수상한걸. 혹시 꿩 대신 닭으로 나를 섭외하는 거 아냐?"

계집애, 눈치는 빨라 가지고……. 그러나 공짜 영화에 대해서 열매 너는 선택의 여지가 없다는 것도 난 알지롱.

"내게 자수를 강요할 권리, 너한테 없는 거 알지? 너는 갈지 말지만 정해!"

공짜에 대해서 열매한테 거절이란 있을 수 없다. 그래도 열매는 인심 쓰는 척 따라가 주겠다고 큰소리쳤다.

영화가 시작되자마자 내 휴대전화에서 문자 알림 소리가 들려왔다.

아까 일로 화나게 해서 미안해. 자꾸 마음에 걸리네. 우리 지금이라도 만날까?

영화에 빠져드느라 잠시 잊고 있었던 일이 다시 떠올랐다. 짜증이 확 밀려왔다.

답이 없는 것 보니 화 많이 났구나. 우령이 네가 화난 것도 무리가 아니라고 생각해. 난 왜 이렇게 남한테 피해만 주는 걸까?

열매가 휴대전화 끄라고 손짓을 했다. 나도 막 끄려던 참이었다.

마음이 뒤숭숭한 것도 잠시, 영화는 기대한 것보다 훨씬 재미있었다. 웃다가 울다가 다시 웃기를 얼마나 되풀이했는지,

열매와 나는 거의 기진맥진한 상태로 영화관을 나왔다. 분식점 앞에서 누가 돈 낼 것인지 옥신각신하다가 일단 먹고 정하기로 하고 들어가서 앉았다.

휴대전화를 켜자마자 쉬지 않고 들리는 문자 알림 소리.

그렇게 화날 정도로 내가 잘못한 거니?

우리, 이 정도도 이해 못할 사이였어?

분명히 네 입으로 이해한다고 그랬잖아!

내가 언제까지 참아야 하는 거니? 정말 너란 애 더 이상 이해 못하겠다!

"뭐야? 너, 그 4차원이랑 싸우기라도 한 거야?"

혜린이랑 다니기 시작한 지 겨우 한 달, 벌써 지쳤다고 내 입으로 인정하는 건 죽기보다 싫었다. 아무리 열매한테라고 해도.

"싸우긴, 우리가 애냐? 얘하고는 종일 문자로 대화하잖아."

나는 영화관에 있어서 문자를 못 봤다는 말과 함께 화 안 났으니까 걱정하지 말라고 써서 보냈다.

"어디, 이리 줘 봐!"

열매가 내 휴대전화를 뺏어 문자를 읽었다.

"싸웠네, 뭐. 그런데 뭘 이해 못한다는 거야?"

다시 문자 알림 소리가 들려왔다. 나는 열매 손에서 얼른 휴대전화를 찾아왔다.

왜 화났으면 화났다고 솔직하게 말하지 않는 건데?

"진짜 안 싸웠다니까. 설명하기 복잡해."

나는 한숨을 쉬며 말했다.

"아, 그 말 무척 익숙하게 들리는데……. 드디어 너도 은빈이랑 승민이 말에 공감한다는 뜻? 한 달 만에 나가떨어진 진우령이란 말이지?"

열매가 식탁에 팔을 고이며 눈을 반짝였다.

나 진짜 화 안 났거든. 한 번만 더 이런 식으로 문자 보내면 이번에는 정말 안 참는다!

거의 협박성 문자를 보내면서도 열매한테는 극구 아니라고 변명을 해야 했다.

"아냐, 약간의 오해가 있어서 그런 거라니까. 내가 지금껏 만난 애들 중에서 얘처럼 착한 애는 본 적이 없어, 진짜로!"

착한 게 지나쳐 속을 뒤집을 때가 많다는 얘기를 뺀 것 말고 틀린 말은 없었다. 겉 다르고 속 다른 애도 아니고, 친구가 하는 말 잘 들어 주고, 거의 대부분 내 생각과 기분에 맞춰 주고, 부탁하면 거절하는 법 없고…… 정말 이상적인 친구라는 생각이 들었다.

그런데도 혜린이가 열매만큼 편하지 않은 까닭은 뭘까?

"나는 말이야, 사람들 사이에서 생기는 모든 오해는 솔직하지 않기 때문이라고 봐. 솔직하게 인정하면 될 텐데, 그깟 자존심 때문에 아니라고 자꾸 우기니까 진실이 불투명해지는 거잖아. 난 그런 건 진짜 못 참겠더라. 그래서 우령이 네가 좋아, 솔직하게 인정해서."

혜린이한테는 독특한 면이 있었다. 모든 걸 남한테 맞춰 준다는 건 알겠는데 그게 지나쳐서 남의 생각까지도 자기가 판단해 버릴 때가 있다, 오늘처럼.

거기다 혜린이는 뛰어난 기억력까지 갖췄다. 내가 얘기한 내용과 그걸 말할 때의 표정은 물론이고 그 날 방송에서는 어떤 노래가 나오고 있었으며, 우리가 앉은 자리 곁에는 누가 앉아서 무슨 얘기를 하고 있었는지 일일이 들먹이는 데는 당해낼 재간이 없었다. 더군다나 기억력 젬병인 나로서는 일방적으로 승복하는 수밖에 없지만, 그런 내가 바보같이 느껴질 때가 한두 번이 아니었다.

"야, 또 문자 왔잖아!"

열매가 눈짓으로 휴대전화를 가리키며 말했다. 설마 혜린이가 또?

거 봐, 너 화난 거 맞잖아.

외고 시험 준비하던 3학년 언니가 교실에서 쓰러졌다. 학교 안은 발칵 뒤집혔고 외고 준비하는 3학년 학부모들의 격앙된 목소리가 교장실 밖으로 새나왔다. 3학년 언니들은 기회라도 잡은 듯 급식 시간 변경 때문에 생긴 일이라고 떠들어 댔다. 급기야 쓰러진 언니네 반에서는 단체로 급식을 거부하자는 말까지 나온다고 했다.

"가뜩이나 예민한데다가 외고 준비 때문에 늘 밤새우며 공부했대. 급식 시간도 아깝다고 교실에서 꼼짝을 안 했대."

"아니, 다 먹고 살자고 하는 일인데, 그 시간이 아까우면 도시락이라도 싸 와야지, 왜 하필 민감한 때 쓰러져 가지고 여러 사람 힘들게 만든대?"

"아니, 그 언니는 그렇다 치고, 왜 그 반 언니들은 단체로 급식을 거부하는데? 급식 먹으러 갔다가 우리 그 반 인간들한테 테러 당하는 거 아냐?"

사람 마음이란 게 참 묘했다. 직접적인 관련이 없다는 걸 알면서도 마음이 편하지 않았다. 만에 하나 3학년 언니들 말대로 급식 시간 때문에 그 언니가 쓰러진 거고, 혹시 외고에 가지 못하면 어쩌지?

"대한민국에서 안전하게 살려면 설치지 말아야 한다더니, 그 말이 꼭 맞는다. 잘나면 잘났다고 못나면 못났다고…… 눈에 띄었다 하면 못 잡아먹어서 난리잖아. 야, 우리까지 우울해할 거 없어, 예민해서 그런 거라잖아! 설마 백주 대낮에 우릴 어떻게 하겠어? 먹는 것만큼 중요한 게 어딨다고! 우린 점심시간에 당당하게 가서 밥 먹는 거야!"

열매다운 주장이었다.

그러나 상황은 생각보다 심각했다. 3학년 전 반이 오늘 하루 단체로 급식 거부한다는 소문이 돌았고 그 영향은 바로 우리에게 미쳤다. 오늘 점심을 먹어야 하나 말아야 하나.

혜린이 문자를 받은 건 그 때였다.

너의 반 굉장히 뒤숭숭하겠다. 아무리 너의 반 아이들이 미안한 짓을 했다 해도 급식 안 먹고 종일 버틸 수 있겠어? 빵이라도 사 갈까?

솔직히 그 때까지 나는 그냥 마음만 불편했지 문제의 핵심에 대해서는 아예 생각하지도 않았다. 그러나 그게 아니라는 걸 문자를 보고서야 깨달았다. 나를 비롯한 우리 반 아이들 모두 쓸데없이 눈치 볼 이유가 없었다.

그럴 거 없어. 우리가 책임져야 할 상황도 아닌데 뭘. 이따가 급식실에서 봐.

급식실? 진짜 밥 먹겠다는 말이야? 누군가 쓰러졌는데, 그것도 같은 교정에서 공부하던 선배가 어떻게 되었는지도 모르는데, 어떻게 인간으로서 그런 생각을 하니?

허걱, 이건 또 무슨 발상이지?

가뜩이나 머리 아파 죽겠는데 도대체 무슨 말을 하는 거야!

진짜 너한테 실망했어. 적어도 넌 누군가의 불행에 마음 아파하는 사람이라고 믿었어. 이 상황에서도 죽어라고 급식실 찾아다니는 인간과는 다르다고 믿었다고!

너 지금 뭔가 단단히 오해하고 있는 거 아냐?

진우령, 미안한데 나한테 이제 문자 안 보냈음 좋겠어. 그리고 네 번호 지울 거니까 네 휴대전화 안에 있는 내 흔적도 말끔하게 지워 줘.

"우렁각시, 얘 왜 이러냐?"

열매가 자기 휴대전화를 보여 주며 말했다.

너희들은 같은 학교에서 공부하던 누가 죽어 나가도 오늘 세 끼 찾아 먹는 게 중요하지? 정말 짐승 같다, 너희들은.

"은빈이랑 승민이한테도 보냈대. 휴대전화 번호 아는 애들한테는 다 똑같이 보냈나 봐. 어이가 없어서……."

나는 잠자코 나한테 온 문자를 보여 주었다.

"애, 진짜 중증이네. 혹시 누가 자살이라도 하면 같이 죽자고 하는 거 아냐? 어쩌냐, 넌."

열매한테 털어놓지는 못했지만, 문자 내용은 기분 나빴어도 앞으로 연락하지 말라는 말에는 마음 한 편이 가벼워지는 느낌이었다. 뭐랄까, 손 안 대고 코 푼 기분이랄까?

수업 종이 울리고 과학 선생님이 들어왔다. 내가 흠모해 마지않는 과학 선생님이 우리에게 짐을 덜 만한 소식을 안겨 주었다. 병원에서 연락이 왔는데, 그 언니가 쓰러진 건 과도한 입시 스트레스 때문에 잠 안 오는 약을 먹어서 그렇다는 거였다.

"아무리 외고가 중요하다지만, 외고가 너희에게 모든 걸 보장해 줄 거라는 망상은 버리는 게 좋아! 분명히 말하는데 너희가 지나쳐 버린 행복은 다시 오지 않는다. 그러니까 내 말은, 지금 이 순간 최선을 다해 행복해지라는 것이다!"

그 날 점심시간에 나와 열매는 모처럼 편안한 마음으로 밥을 먹고 등나무 아래로 갔다.

"그래서 앞으로 혜린이하고는 어떻게 할 건데?"

열매가 또 눈을 반짝였다.

"뭐가 궁금한 건데?"

"혜린이에 대한 네 마음이 변한 건지, 네 호기심은 충족된 건지, 너야말로 모호해진 것 같아서 말이야."

"한 가지는 확실하게 알았지. 사람이 착하고 나쁜 것 이전에 통할 수 있는 어떤 게 있어야 하더라고. 나는 노력하면 다 되는 줄 알았는데 혜린이하고는 도대체 접속이 안 되는 거야. 접속 장애물이 뭔지 서로 알기 전에는 힘들겠다는 걸 알았다는 거지."

"저기 봐라, 4차원이다!"

혜린이가 처음 보는 애와 같이 등나무 아래로 오고 있었다. 우리와 눈이 마주친 혜린이가 예전의 그 붙박이 표정을 하고 우리를 지나쳐 갔다.

"누굴까?"

열매가 혜린이 뒷모습을 보며 물었다.

"그러게. 쟤는 4차원 접속이 가능할까? 그럼 좋겠는데……."

나는 진심으로 혜린이가 그런 친구를 만났기를 빌었다.

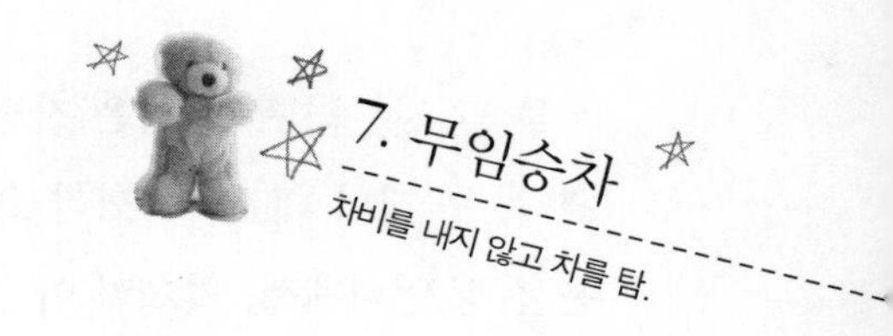

7. 무임승차

차비를 내지 않고 차를 탐.

"우령아, 너 여기 와서 이것 좀 봐라!"

진경 언니네 아줌마 목소리가 거실 안을 쩌렁쩌렁 울렸다.

"뭔데요?"

"이게 요즘 애들 맞니? 빨리 와 봐."

"언니는…… 재한테 백날 물어도 소용없다니까."

차분하면서 듣기에 따라서 냉랭한 엄마 목소리는 확실히 아줌마 목소리와는 톤이 다르다.

그러니까 안 가도 된다는 말이지? 나는 일어나려다가 도로 식탁에 엎드린 자세를 취했다.

텔레비전 소리, 쩌렁쩌렁 울리는 아줌마 말소리에 엄마 목소리까지 뒤엉켜 소란스럽기 그지없는 일요일 아침이었다.

두 달 전부터 우리 집은 진경 언니네랑 주말을 거의 같이 보낸다. 두 집의 대표자들끼리 오랜 협의 끝에 토요일 점심 저녁은 진경 언니네서, 일요일 아침 점심은 우리 집에서 먹기로 결정한 것이다. 남들 눈에는 두 집 사이가 워낙 돈독해서 합리적인 방법까지 끌어낸 것처럼 보일지 몰라도 진실은 따로 존재했다. 이거야말로 두 집 엄마들의 귀차니즘 정수를 보여 주는 일례라고 할 수 있다. 당연히 이 아이디어는 우리 엄마 머릿속에서 튀어나왔고 아줌마는 흔쾌하게 좋다고 응했다. 주말에 두 끼 식사를 안 차리는 게 어딘가?

그러나 두 집의 백성인 진경 언니와 나는 생각이 달랐다. 우린 일요일 아침만이라도 느긋하게 일어났으면 좋겠다는 의견을 제시했지만, 존재 자체가 들러리요, 부록이요, 액세서리인 우리 의견은 그저 의례적으로 상정이 되었다가 무참하게 묵살되었다. 애초부터 그럴 줄 알았다, 우리는.

두 집이 함께 모여 식사하는 협상이 합의되자마자 엄마는 무척 들뜬 것처럼 보이더니 설마…… 했던 일을 저지르고 말았다. 거실에 텔레비전을 새로 들여놓은 것이다. 그리고 빠지지 않는 핑계, 지극히 진경 언니네를 배려한 행위라는 거였다. 덕분에 스포츠 중계 말고는 세상 일에 관심이 없던 엄마와 나는 시간별 주말 프로그램이 뭔지 정도는 감 잡는 내공을 갖추게 되었다.

"저, 저것들 봐. 깡총하게 올라간 교복 치마에 파마한 꼬락

서니하고는……. 입술은 또 쥐 잡아먹은 것처럼 새빨갛게 해 갖고, 뽀뽀라도 할라는가? 우령아, 네 친구들 중에도 저런 애 있냐? 없지?"

대한민국 드라마란 드라마는 공중파부터 케이블까지, 정규 드라마부터 재방송까지 놓치지 않는 아줌마라는 건 알았지만, 중학생들만 바글거리는 드라마까지 섭렵하실 줄이야…….

"언니는, 이건 드라마일 뿐이야. 난 언니 같은 사람 진짜 이해가 안 가더라. 그렇게 일일이 흥분할 거면 아예 보질 말지."

엄마의 핀잔에 굴할 아줌마가 아니다.

"이거 왜 이러셔! 이래 봬도 난 사회적 책임을 갖고 드라마를 시청한다고. 저게, 지금 중학교 아이들 실상을 보여 준다는 드라마가 저 꼴인데 내가 흥분하지 않게 됐어? 이따가 시청자 게시판에 한마디라도 쓰려면 조사가 필요하다고. 우령아!"

나와 같이 식탁에 엎드려 졸던 진경 언니가 짜증을 내며 가 보라고 성화다. 할 수 없이 나는 텔레비전 앞으로 자리를 옮겼다.

화면에는 중학교 3학년 남자 여자애 둘이 커플티 사서 갈아입고 커플링 나눠 끼고 놀이공원에 가서 시시덕거리며 노는 장면이 나오고 있었다. 아줌마 말처럼 교복 치마는 미니스커트나 다름없고, 대학생이라고 해야 어울릴 법한 머리 모양에다 뽀샤시한 화장 태까지…….

"저러고 학교에 가면 죽어요."

그렇게 말했지만 이게 현실이다 아니다가 무슨 의미가 있나 싶었다.

"우령이도 아니라잖아. 머리에 피도 안 마른 것들이 저러고 다니는 걸 중학생 드라마라고 만들어 보여 주니까 멀쩡하던 애들도 헛바람 드는 거 아니냐고!"

"아이고, 언니! 그만 흥분하셔! 그리 대단한 것도 아닌데 뭘 그래? 난 내 딸이 커플링도 하고 커플티도 나눠 입을 수 있는 남자 친구 하나 있으면 소원이 없겠네요."

엥? 엉뚱하게 화살이 왜 내 쪽으로 날아오는 거지?

"아니, 왜 그 밤송이처럼 삐죽삐죽 머리 한 머슴애 하나 우령이 만나러 오는 거 몇 번 봤는데, 우령이 남자 친구 아냐?"

"재준이요? 저 그렇게 눈 안 낮거든요."

모욕적인 얘기로 잠은 다 깼고 나한테 남은 건 독기뿐이었다. 그러나…… 진경 언니의 결정적 펀치가 바로 뒤에서 기다리고 있었다.

"후후. 내가 재준이란 애한테 우령이랑 어떤 사이냐고 물었더니, 자긴 우령이를 남자애들보다 딱 한 대 덜 때리는 친구 정도로 생각한다던데."

"딱 한 대 덜 때리는 친구라니, 무슨 말이야?"

아줌마가 물었다.

"남자애들만큼은 아니라도 깡패는 깡패란 말이지."

엄마가 텔레비전 화면에서 눈도 돌리지 않고 무심하게 말했다.

"아, 그런 소리였어? 큰일이네, 우리 우령이. 소문 퍼지면 어떤 남자애가 커플 뭐시기 하자고 하겠냐? 할 수 없이 남들 다 연애질하고 다닐 때 특이하게 공부만 해야 되겠네. 그래서 전교 일등도 하고 좋은 대학도 가고……. 어때?"

도마 위에서 팔딱거리는 내 모습을 보며 모두 즐거운 모양이었다. 내게는 더없이 우울하고 억울한 가을 아침이었다. 누군가 내게 소원을 말해 보라고 하면 가장 미미한 형량의 진경 언니부터 아줌마, 엄마 그리고 재고의 가치가 없는 재준이까지 한 줄로 세워 놓고 내가 받은 것만큼, 아니 그 이상으로 처절하게 응징해 달라고 할 참이다. 안됐다, 윤재준. 너는 최소 사망이라고!

그러나 사안을 놓고 볼 때 흥분만 할 문제는 아니었다. 고등학교 축제가 열리는 10월이 되자 그 동안 완전 보완을 지켜 오던 반 아이들의 남자 친구 정체가 속속 드러나 나는 충격을 받았다. 한 교실에서 같은 급식 먹고 같이 졸면서 거의 대부분의 시간을 함께 보냈는데, 누구는 남자 친구를 정리하고 싶은데 어떻게 하면 좋겠느냐는 고민을 하는 반면에, 누구는 지나치게 깔끔한 사생활이 알려지는 게 내신 성적이 바닥인 것보다 더 쪽팔린 일이라며 고민해야 하는, 이 불평등한 상황을 어떻게 받아들여야 하느냐는 거지.

며칠 전 담임선생님이 종례 시간에 느닷없이 참여정부의 3

불정책이 뭔지 아는 사람 손 들어 보라고 했다. 아이들 몇 명이 손을 들자 담임이 회심의 미소를 지으며 말했다.

"지금 손 든 사람들은 내가 다 기억해 두었으니 고등학교 축제 갔다가 들키면 알아서 해! 그리고 손 들지 않은 사람들 중에 3불정책에 대해 고민도 안 하는 고딩 남자 친구가 있다면 하루 빨리 정리하는 게 좋다. 시대에 대한 고민과 감각이 없는 남자 친구를 두려면 너희라도 똑똑해야 하지 않겠나? 아무튼 내 말의 요지는 고등학교 축제에 얼씬도 하지 말라는 거다, 알았나?"

종례가 끝나고 나는 3불정책이 뭐냐고 열매한테 물었다.

"글쎄? 3대 불상을 지켜야 한다는 정책인가? 아니면 불국사, 송광사 같은 우리나라 3대 불사에 대한 얘기 아닐까?"

"그거랑 고등학교 축제, 시대에 대해 고민하는 남자 친구랑 무슨 상관이 있는데?"

열매와 다니려면 나라도 똘똘해지자는 각오가 새롭게 다져지는 순간이었다.

"그러게. 그게 아니라면 세 가지 금하는 정책을 말하는 거 아닐까? 그럼 답이 명확하지 않아?"

"그게 뭔데?"

들으나마나한 얘기일 거라고 생각하면서도 습관처럼 되묻는 나.

"사채, 흡연 그리고 음, 음주 가무 아닐까? 그럼 고등학교 축제와 좀 연결이 되잖아, 안 그래?"

"어이구, 제발 기본적인 상식 좀 갖춰라. 고교등급제, 대학별 본고사, 기여입학제를 금지한다는 게 3불정책이잖아! 그 정도도 모르는 고등학생 남자 친구 사귀지 말라는 말이고!"

우리 대화가 한심했는지 듣다 못해 은빈이가 끼어들었다.

"근데 그거 아는 사람은 왜 손 들어 보라고 한 건데?"

희미하게 윤곽은 잡혀 가나 선생님 의도가 영 아리송해서 안 물어볼 수가 없었다.

"고등학생이라면 요즘 그 문제가 큰 관심사일 테니 그거 아는 애들은 남자 친구가 고등학교에 있을 거라는 선생님 추측인 거지."

"칫, 고등학교 축제 가지 말라고 하면 되지, 뭐 3불정책까지 들먹이며, 없는 사람 기 죽일 건 뭐냐!"

"눈병도 저지한 담임의 포스 있잖아. 생각 안 나? 다른 반 아이들이 눈병으로 당당하게 결석할 때에도 눈병 자체가 나약함의 증거라고 엄포를 놓으니까 우리 반만은 눈병 걸린 애 하나 없이 한 달을 났잖아. 이번에도 그 포스로 두 마리 토끼를 잡겠다는 의도겠지, 뭐. 축제에 가는 것도 막고, 무식한 남자 친구도 정리하라는. 남자 친구 있는 애들 진짜 살 떨리겠다!"

투덜거린 내가 무색할 정도로 명쾌한 열매의 답변이었다.

어쨌든 그 날 나는 선생님 엄포에 고민하는 아이들조차 부러웠다. 축복받은 하드웨어로 주변의 고등학교마다 남자 친구를 하나씩 꽂아 둔 서래는, 오라는 축제는 많고 몸은 하나이니 효과적으로 시간차 공격을 해야 한다면서 축제 스케줄을 짠다고 법석을 떨며 내 염장을 질렀다. 지금껏 내가 짜 본 거라고는 설이나 추석에 무차별로 방영되는 영화 시청 스케줄이 고작인데……. 빈익빈 부익부의 현실은 경제적인 데에만 존재하는 게 아니라는 걸 절감했다.

시기와 질투로 표정 관리가 잘 안 되는 나에게 서래는 열매도 있는데 뭘 그러냐며 나름 위로의 멘트를 날렸다. 아아아악! 사실은 그게 최악이었다. 열매를 위로 삼아야 하는 처지는, 내게 여자로서 인생을 포기하라는 말과 똑같으니까. 그 말에 내가 경악하자 그 여인이 남긴 결정적 대사가 내게 더는 떨어질 곳이 없다는 걸 확인시켜 주었다.

"어째 너희 둘은 똑같은 말에 반응까지 똑같니? 열매는 너랑 비교 당할 바에야 차라리 자기를 죽여 달라고 하더라."

상황이야 처참하든 말든 나는 예서 눈 감을 수는 없었다. 나는 열매와 다르다. 내겐 실명을 거론할 만한 '그'가 있다. 과학 선생님……. 내게서 '은란여중에 와서 행복해요'라는 말을 저절로 나오게 한 원인 제공자이며 처음으로 가슴 설레며 밤잠을 이루지 못하게 한 사람, 말하자면 내 존재의 이유가 바로 서윤빈, 과학 선생님이 계시기 때문이었다.

처음에는 나도 별 특징 없는 선생님들 사이에서 유독 돋보이는 인성의 소유자에 대한 상대적인 존경심이라고 생각했다.

하지만 시간이 갈수록 선생님은 그 존재를 넘어 내게 남자로 보이기 시작했다는 것이지…….

타이밍이 중요하다는 말은 만고의 진리다. 선생님이 남자로 보이기 시작한 시점. 으흐흐흐흐. CA 문예반 행사인 '문학의 밤'이 열리던 날이었다. 평소에는 우정이 철학이고 우정 빼면 시체라고 떠들고 다니던 열매조차 정작 행사 날 오후가 되자 배 아프다는 핑계를 대고 오지 않았다. 문학의 밤 행사가 끝날 때까지 강당 안은 썰렁했다. 학교마다 축제로 분주한 때에 일부러 따분한 행사를 찾아온 사람이라면, 나라도 성격 이상자 말고는 딱히 다른 이름을 붙일 수 없을 것이다.

존재 미미한 1학년들에게 주어진 임무는 인원 동원이라는 가장 단순하고 기본적인 것이었는데 그조차 해내지 못한 나는 할당량을 채우지 못한 다른 애들과 함께 뒷정리를 하겠다고 자원했다. 의자를 접어 줄 세워 놓고, 음향과 조명 시설을 확인하고, 강당에 불 끄고 남은 자료들을 동아리방에 갖다 놓으면 끝나는 일이었다. 회장 언니한테 전화로 보고까지 마치고서야 나는 가방을 강당 문 앞에 놓고 왔다는 걸 깨달았다.

캄캄한 건물 안에서 내 발소리에 내가 놀라 뛰어나오는 동안에도 누군가 내 어깨를 잡아챌 것 같아 조마조마했다. 겨우 건물 밖에 나와 가슴을 쓸어내리는데 순간 내 눈에 들어온 건…….

의도된 듯 영화의 한 장면처럼 바람이 불고 힘없는 나뭇잎이 춤추듯 떨어지는데, 어두운 하늘 아래 낙엽 쌓인 등나무 벤치 주위를 나의 과학 선생님이 고독하게 서성이고 있었다. 이런 경우야말로 운명적 만남이란 말을 붙여야 하는 게 아닐까? 바바리코트가 썩 잘 어울리는 남자의 옆모습이 그토록 외로워 보인 적도 처음이었고, 내 가슴속 설명할 수 없는 어느 지점이 알싸하게 아파 본 것도 처음이었다. 나는 숨죽인 채 그 모습을 지켜보았다. 코트 깃을 올린 그 남자가 운동장을 가로질러 내 시야에서 사라질 때까지.

"혹시 선생님이 사채 쓰고 고민하는 거 아냐? 그렇지 않으면 날도 추운데 왜 그런 짓을 하겠니?"

열매가 허튼 말로 아무리 내 기대감을 박살내려고 해도 내 귀에는 들리지 않았다. 이미 거부할 수 없는 큐피드의 화살이 내 가슴 깊은 곳에 꽂힌 뒤였기 때문이다.

나는 선생님에 대한 모든 정보를 알아봐 달라고 열매한테 부탁했다.

"서윤빈. 나이는 32세. 키는 178센티미터? 이거 선생님이 거짓말로 쓴 거 아냐? 178 안 돼 보이던데."

"제발 열매야, 응?"

"알았어. 키는 178센티미터라고 본인이 우기는 거고, 몸무게는 62킬로그램. 성격 원만해서 주변에 좋아하는 사람이 많은데, 치명적인 결점은 메멘토 서라는 거지."

"메멘토 서? 알아듣게 설명 좀 해 줘."

"너의 과학 선생님이 결정적으로 사람을 기억하지 못한다는 거야. 작년에 2학년 담임 맡았을 때에도 일년 마칠 때까지 이름을 기억 못하는 언니들이 반도 넘었대. 그래서 별명이 메멘토 서라고 하더라. 백만 번쯤 인식을 시켜야 겨우 기억을 한다나? 그 정도면 치명적이지 않냐?"

열매가 눈을 게슴츠레 뜨며 물었다.

"그게 뭐 어때서? 나한테는 개성으로 느껴지는걸, 뭐."

"단단히 맛이 갔군. 다른 건 몰라도 나이가 서른둘이야. 요즘 추세가 연하라는 거 몰라? 그보다 더 안 좋은 조건이 어딨니?"

"우린 물리적인 나이 차이쯤은 극복할 수 있어!"

사랑에 꽂힌 내 말에 감동을 듬뿍 받았는지, 열매는 제 손가락을 머리에 가까이 대고 빙글빙글 돌렸다.

그 때부터 나는 선생님에게 깊은 인상을 남기기 위해 갖은 애를 다 썼다. 과학 수행평가라면 목숨을 걸었고, 가끔은 학원 빼먹고 학교 앞에서 선생님이 퇴근하는 모습을 지켜보기도 했다. 물론 우연을 가장해 선생님 출근할 때 등교 시간을 맞추기도 하고…….

선생님을 좋아하는 건 시대에 뒤떨어진 행위라고 규탄하던 열매와 은빈이 그리고 승민이는 하루에 평균 다섯 번씩 과학 선생님만 보면 괜히 "우령아! 진우령!" 하고 소리쳤다. 지성이면 감천이라더니, 어느 날인가 드디어 선생님이 우리의 신호를 감지하며 돌아봤고 나는 예정된 수순대로 얼굴을 붉히며 도망쳤다. 그렇게 애를 썼건만 수업 시간에는 별다른 변화가 없었다. 내 애정사에 협조하는 아이들이 발표 때마다 "우령이 시켜요, 우령이!" 하고 소리치면, 선생님은 무심한 얼굴로 "우령이가 누구지? 나와서 발표해 봐." 하고 말했다. 알면서 모르는 척하는 표정이 아니라는 사실에 나는 절망했다.

며칠 전 점심시간에는 나 혼자 교실로 들어가다가 저만치 앞에 가는 선생님을 발견했다. 열매나 은빈이, 승민이 모습은 보이지 않았고 나는 급한 김에 "우령아, 진우령!" 하고 소리쳤다. 그 때였다. 선생님이 그 자리에 멈춰 서더니 돌아보며 환하게 웃는 게 아닌가? 나더러 가까이 오라고 손짓까지 하면서. 내 가슴은 콩닥콩닥 팔딱팔딱 쿵쾅쿵쾅 뛰었고, 온몸의 피가 갑작스레 속력을 내며 몰려다니는 게 느껴질 정도였다.

내가 주저하며 다가가자 선생님이 내 머리를 꽁 쥐어박으면서 말했다.

"이 녀석! 우령이 좀 그만 괴롭혀라! 너희들 장난에 우령이가 얼마나 괴롭겠냐?"

열매와 은빈이, 승민이는 나의 비보를 듣고 눈물을 흘리면서 웃어 댔다. 이런 친구도 아닌 것들…….

"아서라, 너 너무 빠져 있는 것 같다. 중학교 시절 한 번 스치고 지나갈 만한 감정으로 끝내는 게 좋지, 너처럼 진지하게 접근하면 너만 다쳐. 특히 너 같은 무경험자는 더 조심해야 하고."

내 고민을 듣던 진경 언니가 혀를 차며 말했다.

"언니도 그런 식으로밖에 말 못해? 한 번 스치고 지나갈 만한 감정이라고? 중학생은 사랑도 연습으로 해야 해? 진지하면 왜 안 되는데!"

"순진한 것, 너 혹시 선생님하고 결혼까지 생각하는 거야? 그게 가능할 것 같아?"

언니가 고개를 절레절레 흔들며 말했다.

"그럼 안 돼? 난 연습 삼아 선생님을 좋아하는 게 아니란 말이야! 내 사랑은 단 한 번뿐이라고!"

나는 나름 진지했다. 열여덟 살 차이쯤은 내게 아무 문제도 되지 않았다. 사랑엔 국경도 없다는데, 같은 국경 내에서 나이 차이가 무슨 문제가 된단 말인가.

낮이고 밤이고 나는 선생님 생각을 하면 편안해졌고, 애들이 놀려도 별로 화도 나지 않았다. 그냥 선생님이 웃으면 행복했고 피곤해 보이면 걱정이 됐다. 가만히 있으면 무슨 생각을 하고 있을까 나도 그 생각의 선을 따라갔고, 화를 내면 선생님을 화나게 한 사람이 나도 미웠다.

이십 년쯤 지나고 중학교 동창회가 열리는 날, 선생님 팔짱을 끼고 여유롭게 등장하는 날 보며 아이들은 얼마나 당황할 것인가? 우렁이라고 불러야 할지 사모님이라고 불러야 할지,

호칭조차 해결하지 못해 전전긍긍해할 아이들을 상상하면 지금부터 사모님의 기품도 갖춰야 할 것 같고…….

"딸이 지금 가슴앓이 하는 상대가 열여덟 살 많은 선생님이라는 사실을 알면 너희 엄마가 퍽도 좋아하시겠다."

나는 진경 언니와 생각이 달랐다. 우리 아빠도 선생님이었다. 내가 아기일 때 돌아가셔서 아빠에 대한 기억은 별로 없지만, 서윤빈 선생님을 알고부터는 아빠도 온화하고 멋진 선생님이었을 것만 같았다.

다만 엄마한테는 나이 차가 좀 충격일 수 있겠지만, 내 신념만 확실하다면 엄마는 어쩔 수 없을 것이다. 문제가 있다면, 나이 차이는 아무것도 아니라는 사실을 선생님에게 어떻게 이해시키느냐는 거지.

"이 반에 신열매라고 있지?"

1교시에 들어온 과학 선생님이 인사도 받기 전에 열매부터 찾았다.

"들어올 때 못 보셨어요?"

아이들이 킥킥거리며 복도를 가리켰다. 열매는 조회 시간 마칠 때부터 복도에서 무릎 꿇고 벌을 서는 중이었다.

"어, 난 다른 반 아인 줄 알았네. 네가 신열매야? 손 내리고 교실로 들어와라."

선생님이 교실 문을 열고 열매한테 말했다.

"1교시 끝날 때까지 꼼짝하지 말라고 하셨어요."

열매가 비극의 여주인공처럼 말했다.

"담임선생님한테는 내가 말할 테니까 우선 들어와. 수업은 해야지."

열매는 지루한 수업보다는 벌서는 게 낫다고 생각했는지 아쉬운 표정으로 들어왔다. 담임선생님이 들고 있으라고 한 종이를 펄럭이며.

오늘따라 아침 일찍 교실에 들어온 담임이 조회를 시작하려는데 전화가 울렸다. 선생님은 굳은 표정으로 우리에게 자습하라고 이르고는 나갔다가 한참 후에 열매를 데리고 들어왔다. 분이 안 풀려 씩씩대는 선생님 얼굴과 소금에 절여진 배추처럼 풀 죽은 열매 얼굴이 묘하게 조화를 이뤘다. 사연인 즉, 열매가 공짜로 지하철을 탔다가 걸렸다는 거였다. 지하철 역사에 있는 아저씨는 지난번에도 잡힌 적이 있는 열매 얼굴을 기억했고 결국 학교로 전화를 건 것이다.

"내가 지금껏 교사 생활 하면서 별별 일을 다 겪었지만, 무임승차한 제자 데리러 지하철역에 갔다 온 건 또 처음이다!"

기가 차서 화도 안 나는지 선생님이 열매를 물끄러미 바라보았다. 그러고는 A4 용지에 뭐라고 쓰고는 열매더러 들고 나가 벌을 서라고 했다. 열매는 간절한 눈빛으로 선생님을 바라보았지만, 선생님은 고개를 절레절레 흔들며 복도를 가리켰다. 아이들은 열매가 들고 선 종이를 보고 배꼽이 빠져라 웃어 댔다.

'무임승차는 나빠요! 앞으로는 돈 내고 타겠습니다!'

아이들한테 무임승차 사건의 전말을 들은 과학 선생님은 얼굴이 벌게지도록 웃고는 열매한테 물었다.

"이거 네가 낸 거 맞지?"

선생님이 내민 종이를 보고 열매가 불안한 듯 고개를 끄덕였다.

"이 녀석아, 내가 발명 고안서를 내라고 했지, 밑도 끝도 없이 제목 하나만 달랑 내라고 했어?"

선생님이 킥킥 웃으며 열매가 낸 한 장짜리 보고서를 높이 들었다. 선생님 머리 위에서 종이가 가볍게 팔랑거렸다.

"어떻게 만드는지 과정은 안 써도 된다고 하셨잖아요."

열매가 억울하다는 듯이 말했다.

나는 열매를 매섭게 쏘아보았다. 저게 감히 누구한테 반항이야!

"내 말은, 너희들이 발명이라는 걸 하도 거창하고 어렵게 생각하니까, 머릿속으로 이런 발명품이 있으면 좋겠다는 걸 써 내라는 말이었어. 힘만 잔뜩 줘서 생각하면 당연히 떠오르는 게 없을 테고, 그러다 보면 열이면 열 모두 인터넷에서 찾아 베껴 내니까 그 짓 하지 말라고. 그런데 밑도 끝도 없이 내 인생의 네비게이션이라니! 차라리 내지 말든가 하지……."

선생님 입에서 '내 인생의 네비게이션'이라는 말이 튀어나오자마자 교실 안에 웃음소리가 출렁거렸다.

"아항, 선생님은 저와 영혼의 코드가 맞아서 바로 알아보실 줄 알았지요. 척하면 척하고요!"

여유를 되찾은 열매가 능청스럽게 대답했다.

"영혼의 코드는 그런 데다 붙이는 게 아냐! 그래, 도대체 내 인생의 네비게이션이 뭔지 얘기나 들어 보자."

"제 작품은 선생님 말씀처럼 일상에서 얻은 영감으로 발상의 전환을 한 발명품이라고 할 수 있습니다. 사실 소제목까지 들으면 더 감이 오는데……. 49킬로그램 타이쿤 두둥! 그러니까 주체할 수 없는 식욕으로 음식을 먹었을 때 허리띠에 부착한 기계에서 이런 소리가 나는 거예요. 900그램 초과, 과체중 주의가 요망됩니다. 아니면 삐뽀삐뽀, 49.8킬로그램, 정상 체중에서 800그램 이탈하셨습니다!"

열매가 코맹맹이 소리로 네비게이션에서 나오는 목소리를 흉내내자 아이들이 책상을 두드리며 웃어 댔다. 나의 서윤빈 선생님 역시 얼굴이 발갛게 되도록 큰 소리로 웃었다. 내 속은 바짝바짝 타들어 갔다. 선생님이 열매를 바라보는 감탄의 눈길에 질투가 나서 견딜 수가 없었다.

"뭐, 그래, 내가 기대한 것이 이런 발상이라는 거 부정하지 않겠어. 아니, 설명을 듣고 보니 누군가 발명하면 대박 나겠는걸. 단점이라면 효율성은 없고 유쾌함만 넘친다는 거, 그래도 시도 하나는 높이 사 줄 만하지. 다들 박수!"

연예인이 등장할 때 사회자가 소개하는 것처럼 선생님이 열매 쪽으로 손을 쭉 뻗었다. 내 머릿속은 박하사탕을 채워 넣은 것처럼 싸해졌고 마음속은 솜뭉치로 틀어막은 것처럼 답답해졌다.

"그런데요, 선생님. 이 시점에서 양심선언 할 것이 있습니다! 저는 제 인생에서 과학 과목만 아웃시키면 백퍼센트 행복할 정도로 과학적이지 못한 인간이고요, 그 아이디어는 사실 진우령 거였어요. 우령이가 식음을 전폐하면서 이런저런 계획을 세우다가 버린 것 중 하나를 슬쩍해서 쌈박한 제목으로 제출한 거예요. 흑흑, 용서하세요!"

열매의 돌발 발언으로 내게 집중되는 시선들. 나는 뭘 어떻게 해야 좋을지 몰라 얼굴을 들지 못하고 있었다.

"그래? 그러니까 내가 낸 과제를 위해 식음을 전폐한 사람도 있다는 말이지? 음, 진짜 감동인걸. 진우령과 신열매, 효율성은 둘째 치고 오늘 우리 모두를 즐겁게 한 공로는 인정하지. 고맙다."

과정이야 정의롭지 못했지만 깜찍 발랄한 열매의 거짓말 덕에 서윤빈 선생님 머릿속에 진우령이라는 이름이 확실하게 새겨졌다고 나는 확신했다.

그 때 교복 주머니 속에서 느껴지는 문자 알림 진동.

내가 한 건 제대로 했으니까 오늘 떡볶이는 확실하게 쏘도록!

내 중학교 1학년 11월의 가을은 맑음 그 자체였다. 비록 공짜로 얻어냈지만, 선생님이 내 이름을 확실하게 기억했고, 대화도 훨씬 자연스러워졌다. 아이들은 나를 '윤빈댁'이라고 불렀고 나는 그 별명에 아주 만족했다. 때로는 지나치게 순탄한 과정에 신의 질투가 임하지 않을까 불안하기도 했다.

말이 씨가 된다더니 곧 그 불안이 현실로 드러나게 되었다.

"야, 윤빈댁! 어제 너의 서방님이 바람피우는 장면을 우리가 목격했잖아."

은빈이와 승민이가 가방도 내려놓지 않고 내 자리로 달려와서 수선을 떨었다.

"뭐야?"

이런 식의 장난이 한두 번이 아니라서 내 대처 방법도 나날이 내공이 쌓이고 있었다.

"얘가 장난인 줄 아네. 어제 우리가 영화관에서 선생님 봤잖아. 그것도 2학년 수학 선생님하고 다정하게 팝콘을 나눠 먹으면서 영화를 보고 있더라니까. 우리 둘 다 그 커플을 감시하느라고 영화는 보지도 못했다."

"맞아. 우리가 영화 끝나고 일부러 우연인 척하고 인사했거든. 둘 다 얼마나 놀라던지……. 진짜 수상하더라니까."

은빈이와 승민이 진술에 이어 여기저기서 서윤빈 선생님 연애설에 대해 떠들기 시작했다. 여름부터 심심치 않게 둘이 같이 다니는 걸 봤다는 애도 있었고, 학교 선후배 사이 아니냐는 내 발언에 오빠, 오빠, 오빠가 어느새 아빠 되는 걸 모르느냐는 핀잔이 두서없이 쏟아졌다.

"비상시국임에 틀림없어."

열매가 심각하게 말했다.

"넌 어떻게 생각해? 이소민 선생님보다는 내가 낫지 않아? 나이도 젊고……."

"주관적으로 대답할까? 객관적으로 대답할까?"

열매가 직설적으로 물으니 자신이 없어졌다.

"주관적……."

"주관적으로 내가 서윤빈 샘이라면 소민 샘이 좋을 것 같아. 얼굴 예쁘지, 몸매 되지, 게다가 수학을 가르치면서도 성격도 괴팍하지 않지……. 객관적으로는 너보다 가방 끈 길지, 외모도 경쟁력 있지……."

"누가 객관적인 평가까지 듣겠대?"

내 고함에 열매가 뜨끔한 얼굴로 돌아섰다. 종일 나는 열매와 한마디도 하지 않았다.

과학 시간에 들어온 선생님은 다른 때보다 얼굴이 환해 보였다. 아이들이 영화관 상황을 집요하게 추궁하자 부끄러운 듯 얼굴을 살짝 붉히기까지 했다. 갑자기 나의 11월은 엄청나게 우중충하고 우울해지기 시작했다.

수업이 끝나고도 나는 마음을 잡지 못하고 학교 안을 어슬렁거렸다.

이렇게 내 사랑을 쫑낼 수는 없었다. 그 많은 밤을 선생님 때문에 꼬박 지새우고, 일기장 몇 권이 서윤빈 선생님에 대한 내 마음의 증거로 남아 있는데……. 혹 버거운 나이 차이로 상심할 엄마를 위해 일기장에 용서의 편지를 쓸 때 떨어뜨린 내 눈물이 채 마르기도 전에 그의 마음이 변하다니…….

분명하게 확인하고 싶으면서도 확인 그 자체가 두렵기도 하고, 선생님을 만나고 싶으면서도 지금 이 기분으로 만나면 대형 사고를 칠 것 같기도 하고……. 마음을 정하지 못해 갈팡질팡하는 중에 내 발길은 어느덧 교무실 앞에서 서성거리고 있었다.

텅 빈 교무실에 들어가자 과학 선생님 자리에서 피아노 연주곡이 흘러나오고 있었다. 선생님이 좋아한다던 쇼팽의 녹턴 1번 B단조가 이 곡인가? 노트북이 켜져 있는 걸로 보아 잠깐 자리를 비우신 모양이다.

책상 위 꽃병에는 국화 한 다발이 시커멓게 시들어 있었다. 식어 가는 선생님의 마음을 보는 것 같아 가슴이 찌르르해졌다. 꽃병을 비우고 책상 위를 정리하는데 갑자기 모니터에 커서가 깜박이면서 메신저에 글이 올라왔다.

'어제 영화는 선생님이 쏘셨으니, 이번 주말은 제가 쏘겠습니다. 가 보고 싶은 음악회가 있었는데 힘들게 표 두 장 구했어요. 아마 선생님도 좋아하실 것 같은데요. 참, 어제 경황이 없어서 못 물어봤는데, 영화관에서 만난 그 아이들이 선생님을

웃게 했다던 그 깜찍한 제자들인가요? 체중 네비게이션을 고안해 냈다던.'

내가 '소' 자 들어가는 사람을 괜히 싫어하는 게 아니라니까. 깜찍한 제자라니, 특별했던 선생님과 내 사이가 그 말 한마디에 평범하고 원칙적인 선생님과 제자 사이로 주저앉은 느낌이었다.

나는 부글부글 끓는 마음을 진정하지 못한 채 키보드를 눌렀다.

'잘못 아셨어요. 우린 선생님과 깜찍한 제자 사이가 아니에요. 아마 선생님은 짐작도 할 수 없을걸요. 그러니 선생님께서…….'

"뭐 하는 거야!"

듣기 좋은 바리톤 음색도 화가 나면 저렇게 되는구나.

"내 자리에서 뭐 하는 거냐고 물었는데?"

다른 때 같았으면 벌벌 떨었을 상황인데, 이상할 정도로 담담했다.

선생님이 내 곁으로 와서 아직 엔터 키를 누르지 못한 메신저 글을 확인했다. 그리고 침묵…….

"잠깐 얘기 좀 할까?"

한때 스쳐 지나가는 감정이라고 말하면 다신 선생님을 보지 않을 거야. 내 사랑을 모욕한 죄로, 교문을 나서는 순간부터 확 비뚤어져서 평생 후회하게 만들어 줄 테다.

"교사 생활이 올해로 오 년째야. 이런 일이 몇 번이나 있었을 것 같아? 열 번은 넘고 스무 번은 안 될걸? 나름대로 진지한 너희들의 마음, 소중하지만 그건 한때 스쳐 지나가는 감정일 뿐이야. 앞으로 육 년만 더 지나면, 그 때 내가 왜 그랬나 싶을걸."

선생님은 잠시 말을 끊고 모니터 쪽으로 눈을 돌렸다.

'지금 자리 비우신 거예요? 그럼 밤중에 다시 들어오겠습니다.'

수학 선생님 글 아래 내가 쓴 마지막 글자가 처연하게 깜박이고 있었다. 선생님이 천천히 내 글을 지워 나갔다.

"나도 그런 적이 있었어. 사랑에는 온당히 치러야 할 대가가 있다는 건 생각하지 않고 무작정 공짜로 타고 싶었지. 졸업할 때 참고서보다 많은 일기장이랑 부치지 못한 편지들을 처치하면서, 지금이 아니면 무임승차해 볼 기회가 없었던 거라고 나를 위로하기도 했어."

그런 말은 가슴에나 묻어 두시지. 지금 그 말은 치료해 주겠다고 마취 없이 생살을 헤집는 거나 다름없었다. 나는 내 상처가 억울해서 속으로 으르렁거렸다.

더 들을 것도 없었다. 나는 자리에서 일어나 선생님께 정중하게 인사하고 돌아섰다.

"지금은 섭섭할지 모르지만 언젠가 열매 너한테도 멋진 남자 친구가 생기면 오늘 내가 한 말, 생각날 거야."

잠깐 내 귀를 의심했다. 열…… 매? 열매라고?

나는 두 번 다시 발걸음도 하지 않을 것처럼 학교 운동장을 천천히 걸어 나왔다. 내 가슴은 나뭇잎이란 나뭇잎이 몽땅 떨어져 버리고 난 나무처럼 시리고 허허로웠다.

"우렁각시!"

열매가 교문 앞에서 덜덜 떨며 나를 기다리고 있었다. 꽤 긴 시간이었는데……. 열매 얼굴을 보니 오늘 있었던 일들이 한꺼번에 떠오르면서 피곤이 몰려왔다.

"할 일이 그렇게 없냐?"

"우리 역사에 실연보다 더 큰 일이 어딨냐? 표정을 보니 당장이라도 한강으로 갈 것 같은데……."

나는 아무 말 없이 열매를 앞질러 걸었다. 그래, 지금 기분 같아선 한강으로 가야만 할 것 같다!

학교 담을 따라 걷는 길에 나뭇잎이 바람에 이리저리 쓸려 다녔다.

"어떻게 됐는지 물어봐도 돼?"

"노력 없이 공짜로 얻은 사랑, 결말이야 뻔하지 않냐?"

"그래도 서윤빈 선생님은 한때 스쳐 지나가는 감정, 뭐 그런 모욕적인 말은 하지 않았겠지?"

"……."

그보다 더한 말을 들었다는 사실을 차마 내 입으로 밝힐 수가 없었다.

"했어? 진짜로 그랬단 말이야? 우이씨! 우령, 거봐, 내가 세상에 특별한 남자는 없다고 했지? 그래, 좀 특별하다고 쳐도 그의 눈에 우리가 여자로 보이겠냐고! 내가 장담하는데, 좀 특별한 서윤빈 샘한테 우린 교복 입은 가축, 그 이상도 이하도 아니라니까. 뭐, 물론 가축도 계급은 있겠지. 특목고 갈 몇 마리의 사슴이나 노루, 그보다 못하면 말썽부리지 않고 평화롭게 졸업해 줄 평범한 소나 말, 그것도 아니면 삼 년 안에 도살시키고 싶은 지긋지긋한 닭이나 돼지……."

"푸하하하하!"

나는 서글프기 짝이 없는 열매의 가축론을 듣고 눈물이 날 만큼 웃어 댔다. 허리가 아프도록 웃다 보니 세상이 갑자기 유쾌해졌다.

그래, 자기를 좋아하는 사람 이름도 기억하지 못하는 메멘토 때문에 가슴앓이를 하기엔 진우령, 네가 너무 아까워. 혹 이름을 기억한다 해도 진지한 내 감정을 받아들이지 못하고 비겁하게 한때의 감정으로 치부할 정도의 남자라면 내 인생에서 아웃이야! 무임승차해 볼 기회로 여기라고? 나는 열여덟이 아니라 그 이상 차이가 난다 해도 겁나지 않지만 비겁한 사랑은 싫어! 이제 서윤빈이라는 남자는 내 인생에서 아무것도 아니야!

갑자기 하늘을 올려다보던 열매가 소리쳤다.

"진눈깨비잖아? 정말 하늘도 우리를 막 대한다. 내 친구 우령각시가 실연당한 날 눈도 아닌 진눈깨비라니……. 그래도 내 친구는 내가 지킨다. 내가 선견지명이 있어서 오늘 이걸 빨려고 가져왔지롱."

열매가 가방을 열더니 교실에서 덮는 무릎 담요를 꺼냈다.

"가자, 우리도 여물 먹으러!"

우리는 함께 담요를 뒤집어쓰고 달리기 시작했다. 지나가는 사람들이 우스꽝스런 우리 모습을 구경하느라 걸음을 멈추기도 했다. 우린 조금도 창피하지 않았다. 이 정도는 교복에 갇혀 있는 우리만이 할 수 있는 일이기에 더욱 유쾌했다.

"히히, 어떤가? 친구. 한때 스쳐 지나가는 것이 꼭 나쁘기만 한 건 아닌 것 같지 않나?"

"맞네, 친구! 무임승차 대가 치고 괜찮은 설정이네."

끝내 나는 선생님이 나를 열매로 알고 있었다는 사실을 털어놓지 못했다. 그건 죽을 때까지 누구에게도 말하지 않을 작정이다. 비록 마지막은 코미디였으나 내게는 엄연한 첫사랑이니까.

내 사랑을 떠나보낸 11월의 어느 날, 눈물 한 방울 안 흘린 나 대신 하늘에서 질척한 진눈깨비만 쏟아졌다.

8. 재활용

폐품 따위를 용도를 바꾸거나 가공해 다시 씀.

"사랑합니다, 고객님!"

새로 생긴 화장품 할인 매장 입구에서 어깨에 띠를 두른 언니들이 열매와 은빈이, 승민이와 나를 향해 일제히 머리 숙여 인사했다. 정중한 인사에 익숙하지 않은 우리 넷은 어정쩡하게 고개를 숙이고는 안으로 밀려 들어갔다.

1학년 기말고사를 마친 날이었다. 시험 전에 잡아 둔 화려한 계획은 점차 축소되더니 마지막 시험을 마치고 나서는 전격 취소되었다. 예상 성적이 우리의 양심과 염치를 자극한 것이다. 점심 먹기에는 이르고 집에 가기에는 섭섭한 시간이었는데 고맙게도 새로 단장한 화장품 할인 매장이 우리 눈을 잡아끌었다.

대형 할인점이라 동네 답답한 화장품 가게와는 품새부터가 달랐다. 넓디넓은 매장에 꽉 들어찬 진열대, 그 위에 종류별로 놓인 갖가지 상표의 화장품, 손님들이 꽤 있는데도 북적거리지 않아 여유로운 느낌.

우리 가운데 열매가 가장 먼저 감탄사를 남발했다.

"아! 역시 나는 도시형 매장 체질이야. 나를 기다리는 이 많은 화장품을 보라!"

내 발은 어디부터 돌아야 할지 몰라 하염없이 방황하고 있는데, 열매는 어느 틈에 돌아서서 샘플 매니큐어를 발라 보고 있었다. 은빈이와 승민이는 여드름 방지 비누를 찾아다녔다. 나는 딱히 사려고 마음먹은 게 없었으므로 코너별로 진열된 화장품을 눈으로 훑으며 다녔다.

우리 넷이 모인 코너는 발모제 진열대 앞이었다.

"이걸 보니 효심이 확 동하네. 이 멋진 매장이 왜 이제야 생긴 거야! 스승의 날 이걸 담임한테 선물했으면 담임과 나의 관계가 달라졌을지도 모르는데……."

열매가 발모제를 만지작거리며 말했다.

"맞아, 선물은 선물대로 하고 처참하게 응징당했겠지."

은빈이가 잽싸게 발모제를 낚아채며 말했다.

"이 발모제 진짜 효과 있을까?"

나는 발모제 효과를 본 선생님 모습을 상상하고는 키득댔다.

그 때 승민이가 내 옆구리를 찌르며 눈짓을 했다. 좀 전부터 뒤통수가 간질거린다 했더니 점원 언니가 따라다니며 우릴 지켜보고 있었다. 아니, 정확하게 표현하자면 감시하고 있었다. 내가 언니 눈을 똑바로 쏘아보자 언니는 별일 아니라는 듯 딴청을 피웠다. 그러면서도 우리 넷을 중심으로 전방 일 미터 거리를 교묘하게 유지했다.

"대형 할인 매장이 뭐 이러냐? 어디 눈치가 보여서 맘 놓고 구경이나 하겠냐고!"

은빈이가 발모제를 내려놓으며 볼멘소리를 했다.

매장 안에는 우리 말고도 손님들이 꽤 있었지만 점원 언니들은 유독 교복 입은 학생들만 골라서 쫓아다녔고, 카운터 직원마저도 뭉쳐 다니는 우리가 거슬리는지 계속해서 흘끔거렸다.

"살 거 골랐으면 계산하고 빨리 나가자!"

나는 점원 언니들 귀에 들리도록 큰 소리로 말했다.

은빈이랑 승민이가 여드름 방지 비누를 계산하려고 줄 서 있는 동안 열매와 나는 출입문 옆에 붙은 화장품 포스터를 보며 둘을 기다렸다.

"아니, 화장품 좀 찾으려고 해도 매장 아가씨들은 학생들 옆에만 붙어 있으니 우리 같은 사람이 얼마나 불편한 줄 알아요?"

아기를 업고 온 아줌마가 계산대 위에 물건을 올려놓으며 불평을 늘어놓았다.

"아휴, 죄송합니다, 손님! 학생들이 한번 몰려왔다 나가면 저희들도 정신이 없거든요. 가끔 없어지는 물건도 생기고요. 그러다 보니 일반 손님들께 본의 아니게 불편을 끼치게 됐네요."

"아니, 학교에서 공부만 하기에도 바쁜 학생들이 뭘 훔쳐 간다는 거예요?"

아기 업은 아줌마가 열매와 내가 입은 교복을 흘끔거리면서 점원에게 물었다.

"요즘 매장마다 학생들 때문에 난리잖아요. 거기다가 이 동네 중고등학교 기말고사가 이번 주에 다 끝났거든요. 애들이 심리적으로 홀가분해지니까……. 정말 죄송합니다. 매장 오픈 기념으로 마사지팩 두 장 끼워 드릴게요. 정말 죄송……."

나와 열매는 약속이나 한 것처럼 동시에, 줄 맨 끝에서 떠들고 있는 은빈이와 승민이한테 갔다.

"우리 그냥 가자! 물건 있던 자리에 놓고 와!"

내 목소리가 꽤나 날이 섰는지, 주위에 있던 사람들 시선이 우리 쪽으로 향했다.

"왜? 이제 두 사람만 계산하면 우리 차례인데. 조금만 더 기다려."

은빈이가 속 모르고 편한 소리를 해 댔다.

"가자고! 다른 데 가서 사!"

내가 짜증스럽게 소리치자 승민이가 주위를 흘끔거리며 말했다.

"다 쳐다보잖아! 얘가 창피하게 왜 소리치고 난리야!"

"우리가 몰려다니면 뭐가 꼭 없어진다잖아! 도둑 취급 받으면서도 그걸 꼭 사야겠어? 같은 돈 내고 사면서 왜 우리만 이런 취급을 받아야 하냐고! 빨리 가자니까!"

우리는 은빈이와 승민이 손에서 비누를 빼앗다시피 잡아채서는 어리둥절하게 보고 있는 점원 손에 쥐여 주었다. 그리고 씩씩거리며 매장 문을 열고 나왔다.

"사랑합니다, 고객님!"

매장 문 앞에서는 우리가 들어갈 때처럼 점원 두 명이 들어가고 나오는 손님들에게 일일이 인사를 하고 있었다.

"왜요? 절 왜 사랑하세요?"

열매가 느닷없이 돌아서서 인사하는 점원 앞에 바짝 얼굴을 들이대고 물었다.

"저, 손님……."

녹음기 틀어 놓은 것처럼 똑같은 소리만 반복하던 점원들 얼굴에 당황한 기색이 역력했다.

"날 알지도 못하면서 뭘 사랑하고 왜 사랑한다는 거죠?"

"가자, 가!"

우리 셋은 화가 난 열매 팔을 잡아끌었다.

"입에 발린 말 좀 덜 하고 사람에 대한 예의나 제대로 갖출 것이지."

열매는 화가 덜 풀렸는지 계속해서 씨근덕댔다.

"생각할수록 열 받네. 뻔히 듣는 걸 알면서도 우리들이 몰려다니면 뭐가 없어진다는 말을 쉽게 해? 우리 자존심은 무슨 양말에 난 구멍인 줄 아는 거야, 뭐야! 선물의 집이나 문구점 같은 데는 더 어이없잖아. 우리가 없으면 바로 문 닫아야 할 거면서도 교복만 입었다 하면 쫓아다니면서 흘끔거리고……."

평소에 말이 없는 승민이도 툴툴거렸다.

"맞아, 점원이 계속 감시하느라고 따라다니면, 어떤 때는 슬쩍하고 싶은 마음이 저절로 생긴다니까! 자, 봐라! 너희들이 원하는 대로 했다, 이제 속이 시원하냐고 말이야!"

내 말이 끝나기 무섭게 은빈이가 귀를 막으며 말했다.

"아, 그만 해! 생각할수록 불쾌하니까! 결국 우리가 만만한 콩떡이라는 소리잖아!"

"만만한 콩떡도 가당찮아. 하찮은 재활용 손님이 더 맞지……. 손님 많을 땐 푸대접도 모자라 아예 도둑 취급까지 하다가 아쉬울 땐 바로 손님으로 둔갑시켜 버리니까. 결국 이게 다 이 땅에서 교복 입고 살아가는 학생들의 비애인 거지. 이제부터는 저런 데 들어갈 때 뽀글뽀글 가발 쓰고 빨간 립스틱 바른 뒤에 따로따로 들어가야 한다니까."

열매가 곱슬곱슬한 제 머리를 매만지며 말했다.

그 말을 끝으로, 우리는 더는 기분 나쁜 기억을 입에 올리지 않았다. 가뜩이나 우중충한 12월, 땅바닥에 내동댕이쳐진 우리 자존심을 한 번 더 확인하고 싶지 않았는지도 모른다.

"아, 저 하늘 좀 봐! 금세 눈발 날릴 것 같아. 어디 훌쩍 떠나고 싶지 않니? 여기가 아닌 다른 곳에서 눈 내리는 하늘을 보면 좋겠다."

내가 하늘을 올려다보며 말했다.

"그래, 바닷가면 더 좋겠지? 생각해 봐, 우리가 지금 함박눈 쏟아지는 바닷가에 서 있다고 말이야. 겨울 바다, 낭만적이지 않니?"

"엄청 춥겠지, 뭐."

은빈이가 한껏 들떠서 바다 얘기를 꺼내자마자 바로 바람 빼는 열매. 은빈이가 열매를 흘겨보았다.

"우리 방학하면…… 진짜로 바닷가에 한 번 가 볼래?"

한번 꽂히면 집요함의 유효 기간이 민간인의 두 배인 승민이가 말했다.

"애가 아직도 동심의 세계에서 헤매고 있네. 승민아, 정신 차려! 이번 주말이면 꼬리표 나올 거고, 그럼 전치 삼 주쯤 되겠지? 그리고 방학이면 우편으로 발송될 성적표에 우리의 2학기 성적과 처해진 등수의 현실이 밝혀지고 나면 최소 사망일 텐데 무슨 바닷가 타령이냐? 혹시 승민 학생은 오늘 한문과 사회 시험 비교적 잘 본 건가?"

열매가 승민에게 우리의 현실을 조목조목 설명했다. 그러나 승민이는 그 정도로 승복할 수 없다는 표정을 지으며 말했다.

"성적과 상관없이 갈 수 있는 공식적인 일정을 만들면 되잖

아. 예를 들면…….”

“예를 들면?”

은빈이가 구미가 당기는지 조잘대는 열매 입을 막으며 물었다.

“수학여행처럼 우리 반에서 계획한 공식적인 여행 같은 거.”

“그게 가능하냐? 그런 건 담임의 절대적인 지지가 있어야 하는데, 차라리 눈 오는 바닷가를 우리 교실로 모셔오는 게 더 낫겠다. 안 그래?”

내 말에 열매와 은빈이가 고개를 끄덕였다. 그러나 승민이 고집도 만만치 않았다.

“내가 바보니, 담임을 끌어들이게? 솔직히 이거다 할 만한 계획은 없어. 근데 봄에 왔던 교생, 박인영 샘 생각나지? 우리한테 겨울 방학에 꼭 놀러 오라고 했잖아. 선생님 집에서 십 분만 걸으면 경포대가 나온다면서. 내가 가끔 그 선생님 블로그에 들어가거든. 와, 겨울 바다 사진만 봐도 환상이야. 우리, 거기로 가자. 지난번에 블로그에 안부를 남겼더니 겨울 방학에 반 애들 다 데리고 강릉으로 오라고 했어. 그런 공식 일정이라면 집에서도 보내 줄 거고. 어때, 내 아이디어!”

기억력에 관해서는 할 말이 없는 나였지만 그런 얘기 들은 것 같기도 했다. 어색하던 첫 시간부터 자기 고향 자랑을 늘어놓으며 놀러오면 숙식을 책임지겠다는 공약을 걸어서 교생 실습 한 달 동안 신간 편하게 지낸 박인영 샘.

"그냥 저질러 보자. 2학년이 되면 더 꼼짝할 수 없어. 그러니까 본격적인 전쟁 돌입 전 마지막 파티를 겨울 바다에서 하는 거야!"

승민이가 또 한 번 힘주어 말했다.

"그래, 그러자, 뭐. 우리가 여권 만들어 해외로 도피하겠다는 것도 아닌데 뭐, 큰일이야 나겠어? 승민이 너는 우리한테 그 블로그 주소 써 줘. 오늘부터 포석을 좀 깔아 보자고!"

"당연히 그렇게 나와야지. 늦어도 주말까지는 내가 선생님하고 얘기 끝낼 테니까, 너희들은 블로그에 자주 들어가서 얼굴 도장이나 찍어 두라고."

애초부터 우리한테 토론이란 불가능한 것이었다. 현실적으로 힘들다는 걸 알아도 누군가 좀 집요하게 얘기하면 그냥 넘어가 버리는, 생각하기 싫어하는 인간이 바로 우리인 것이다. ㅎㅎㅎ.

"이따가 들어가서 나는 오늘 처절하게 배운 대로 '사랑합니다, 선생님!' 하고 쓸 거야! 그러나 지금 가장 중요한 건 배를 채워야 한다는 거지."

열매가 배꼽 인사까지 더해서 '사랑합니다, 선생님!'을 시연하고는 분식점을 향해 전력 질주하기 시작했다. 그제야 정신 든 사람처럼 우리 셋도 서로 밀쳐 가며 열매를 뒤쫓았다.

잠시 낭만적인 생각에 젖어 있었지만, 우린 알고 있었다. 우리에게 식욕을 능가할 수 있는 욕구는 없으며, 낭만이나 자존심이 배고픔을 해결해 주지 않는다는 것을.

"우령아, 요즘 진경이랑 얘기한 적 있니?"

박인영 샘 블로그에서 겨울 경포대 사진을 감상하고 있는데 엄마가 불쑥 내 방에 들어왔다.

나는 아이들과 계획한 대로 사흘째 블로그에 출석 중이었다. 지금쯤 승민이가 선생님과 경포대 건으로 결판을 짓고 있을 것이다. 이런 때에는 승민이와 같은 학원에 다니는 열매와 은빈이가 부러웠다. 다음 주면 눈 내린 바다를 내 눈으로 직접 볼 수 있다는 위안이 없었다면, 나도 벌써 승민이네 학원 근처에서 어슬렁거리고 있었을지도 모를 일이었다.

"무슨 얘기? 없는데?"

마음이 들떠서 처음에는 엄마의 가라앉은 목소리를 깨닫지 못했다.

"진경이가 절에 들어간대. 진경 엄마 지금 앓아누웠어."

"절엔 왜? 엥, 그럼 진경 언니가 출가한단 말이야? 승려가 된다고?"

놀라서 일어나다가 책상 모서리에 무릎을 세게 부딪치고 말았다.

"출가는 아니고, 공부를 할 수 있는 절이 있다고 해서 우선 일년만 들어가 있겠대."

엄마가 착잡한 표정으로 말했다.

"말도 안 돼! 장난이지?"

엄마 표정을 보니 내가 분위기 파악 못하고 있다는 게 확연해졌다.

"언니, 집에 있어?"

"아니, 제 엄마가 넋 나간 사람처럼 앉아 있으니까 저도 힘든지 좀 전에 나가더라."

나는 코트를 껴입고 언니를 찾아 나섰다. 이 밤에 언니가 어디에 있을지는 안 봐도 비디오였다.

칼바람이 부는데도 밤하늘은 맑았다. 엄마와 떨어져 처음으로 혼자 자게 되었던 날이 떠올랐다. 창문이 바람에 덜컥거릴 때마다 엄마 방으로 달려가고 싶은 마음이 굴뚝같았지만 자존심이 허락하지 않았다. 그 때부터였을 것이다. 잠들 때까지 끝 간 데 없이 상상하는 버릇. 돌아가신 아버지가 사실은 어딘가에 납치되었다가 살아 돌아온다든지, 우리가 알고 보면 굉장한 부자라는 사실을 엄마가 고백한다든지, 어느 날 자고 일어나니 키가 168센티미터로 자라서 그 동안 나를 얕잡아 보던 사람들이 내 앞에서 뉘우치는 장면 같은 거……. 하지만 그 끝 간 데 없는 내 상상 속에도 진경 언니가 떠나는 장면은 없었다. 식구는 아니라도 언니는 내게 엄마보다 더 익숙한 존재였다. 떠나도 내가 떠나지, 언니는 아니었던 것이다.

"사람 놀래는 재주도 가지가지라니까. 집에서 한 발짝도 나가기 싫어하면서 어떻게 그런 깜찍한 결심을 다 하셨어?"

진경 언니는 아파트 놀이터 그네 위에 앉아 있었다. 목도리로 얼굴까지 칭칭 감은 걸 보니 혼자 꽤나 속을 끓이며 울고 있었던 모양이었다.

"우리 엄마는 어쩌고 있는지 아니?"

반쯤 쉰 목소리로 언니가 물었다.

"좋아서 춤추고 있겠냐? 묻긴 뭘 물어!"

나는 언니 옆 빈 그네에 앉으며 말했다. 언니 입에서 한숨이 새나왔다.

"진짜 갈 거야? 한번 해 본 말이지?"

"……."

진경 언니의 침묵, 적어도 그냥 한번 해 본 말이라든지 계획을 철회할까 고민한다는 뜻이 아니라는 것쯤은 알 수 있었다.

"언니 떠나면 아줌마는 어쩌라고? 아줌마한테 가족이라고는 언니가 전부잖아!"

내가 하고 싶은 말이 그게 다는 아니었다. 언니가 떠나겠다는 결정을 하기까지 그 고민의 한 층위에 적어도 나라는 존재가 있었는지, 그럼에도 그런 결정을 내렸는지 따지고 싶었다.

"나도 쉽게 내린 결정 아니란 말이야! 언제까지나 엄마만 지키면서 살 수는 없잖아!"

진경 언니가 부르르 떨며 목소리를 돋웠다.

"언니……."

"미안하다. 너한테 화내는 거 아냐, 나한테 화가 나서 그런 거지. 아줌마가 도와준 덕분에 힘들게 결정했는데, 매듭짓느라고 정말 힘들었는데, 엄마만 생각하면 이게 잘하는 건지 어떤지 알 수가 없어서 그래. 미안하기도 하고 괴롭기도 하고……."

"엄마? 우리 엄마는 벌써부터 알고 있었단 말이야?"

진경 언니가 고개를 끄덕였다.

내 머릿속은 그 때부터 혼란스러워졌다. 뭐야, 그럼 언니는 아줌마나 나보다 엄마와 그 일을 먼저 상의한 거고, 언니더러 떠나라고 한 사람이 엄마란 말이야?

"아줌마는 엄마한테 지나치게 마음 쓰지 말고 내 마음만 들여다보라고 하셨어. 내가 만일 엄마 때문에 하고 싶은 걸 포기하고 나면 나중에 후회하게 될 거라고."

"나중에 후회하게 된다는 말이 무슨 뜻인지 모르지만, 지금 아줌마한테 언니 말고 중요한 사람이 있어? 없잖아. 난 언니가 그 일을 왜 세상에서 가장 냉정한 우리 엄마랑 의논했는지 이해가 안 돼."

"아냐, 아줌마 말이 맞아. 내가 행복하지 않으면서 가족을 위해 희생한다는 것처럼 위선은 없어. 어떤 면에서 희생이란 말처럼 이기적인 건 없다고."

그렇지, 엄마라면 그렇게 말했겠지. 전에 아줌마가 농담처럼 재혼에 대해서 적극적으로 생각하지 않는 건 혹시 우령이 때문이 아니냐고 물은 적이 있다. 그 때 엄마는 일 초도 망설이지 않고 대답했다.

"언니는 날 아직도 모르는 것 같아. 내가 자식 때문에 행복을 포기하는 그런 희생적인 엄마로 보인단 말이지?"

내가 곁에 있는데도 버젓이, 당당하게 엄마 인생에 누군가를 위해 희생한다는 말은 없다고 했는데 언니한테 그 정도 수위로 한 얘기쯤 놀랄 일도 아니지.

더는 언니를 이해하고 싶지 않았다. 자기가 가고 싶으면 가는 거지, 엄마도 두고 간다는데 나 따위가 끼어들 틈이나 있겠어? 이미 내 감정은 언니를 찾아 나설 때와 다른 복잡한 감정으로 바뀌어 있었다. 언니에게는 서운함, 엄마에게는 묘한 배신감을 느꼈다.

"언제 가는데?"

"수업은 한두 달 있다가 시작하는데, 다음 주쯤 미리 가서 적응 기간을 가지려고……. 우령아……."

"나한테 아줌마를 부탁한다든지 뭐 그런 말은 하지 마!"

이런 바보! 너무 오버했다 싶을 정도로 순식간에 말이 튀어나갔다. 피식 웃는 언니 얼굴을 보니까 쥐구멍에라도 들어가고 싶은 심정이었다. 적당한 순간에 울려 준 문자 알림 소리가 아니었으면…….

긴급 상황. 안 바쁘면 전화 좀 하지.

평소 같으면 악착같이 전화 올 때까지 기다렸겠지만 그 순간만큼은 열매한테 진심으로 감사하며 전화를 걸었다.

"우령, 어쩌면 좋냐? 우리 경포대 못 갈 거 같아. 천신만고 끝에 통화가 되었는데, 박인영 선생님 벌써 취직되었다는 거 있지?"

오늘 무슨 마가 낀 날인가? 도대체 왜들 이러는 거야!

"그럼 승민이는 그것도 알아보지 않고 바람 잡았던 거야?"

시비조의 내 말투에 열매가 잠깐 말을 잃었다.

"아니, 승민이가 박인영 선생님이 취직했는지 어떻게 알겠어? 이건 우리가 예상할 수 있는 범주를 뛰어넘는 상황이잖아."

열매의 고물 휴대전화 탓에 열매 말이 탁탁 끊겨서 들렸다. 나는 짜증이 와락 밀려들었다.

"그래서 하고 싶은 말이 뭔데? 경포대에 가자는 거야, 말자는 거야!"

"너, 왜 그렇게 까칠해? 무슨 일 있어?"

열매가 당황하며 물었다. 은빈이와 승민이도 함께 있는지 무슨 일이냐는 말소리가 들렸다.

"무슨 일이 있으면, 네가 해결해 줄 거야? 이게 뭐니? 실컷 바람 잡아 놓고 갑자기 못 가게 되었다는데 짜증 안 나게 됐어?"

이제 경포대에 가고 못 가고는 내게 중요한 게 아니었다. 그냥 약이 올랐다. 느닷없이 뺨 두 대를 맞은 것처럼 분하고 억울했다. 분명한 건 내가 피해자라는 사실이었다. 그러니까 당연히 가해자도 있겠지.

"야, 너만 못 가니? 우린 뭐 기분 좋은 줄 알아? 그래서 의논하자고 전화한 거 아냐? 그런데 다짜고짜 짜증만 내면 우리더러 어떻게 하라고!"

열매 목소리에도 슬슬 짜증이 섞이기 시작했다.

"아, 됐어! 너희들하고 뭘 같이 하자고 한 내가 바보다. 전화 끊어!"

나는 열매가 뭐라고 하는데도 듣지 않고 휴대전화를 닫아 버렸다. 마음 같아서는 휴대전화를 바닥에 던지고 발로 밟아도 분이 안 풀릴 것만 같았다. 도대체 한 가지도 되는 일이 없는 날이었다.

"우령이 너, 나 때문에 화난 거 엉뚱한 사람한테 화풀이하는 것처럼 보인다."

진경 언니가 피식 웃으며 말했다.

"내가 미쳤어? 언니 때문에 다른 사람한테 화를 내게!"

"그럼 바로 전화해서 사과해. 내일 학교 가서 열매 얼굴 어떻게 보려고 그러니? 둘도 없는 사이면서."

옛날이라면, 아니 언니가 떠난다는 말을 듣기 전이라면 나는 순순히 그 말을 들었을 것이다.

"단짝처럼 붙어 다녀도 결국 남 아냐? 언니가 가르쳐 준 거잖아. 엄마도 두고 가는 마당에 친구랑 좀 다툰 것 갖고 뭐라고 할 처지는 아닌 것 같은데?"

나는 씩씩거리며 언니를 지나쳤다.

"진경이 만나 봤니?"

현관문을 열자마자 엄마 모습보다 목소리가 먼저 나를 기다리고 있었다. 진경 언니가 걱정이 되어서 잠도 안 자고 기다린 모양이었다.

"못 찾았어! 진경 언니가 어딜 가든 나하고 무슨 상관이야! 알아서 하겠지."

나는 엄마와 더 말 섞고 싶지 않다는 뜻을 분명히 하고는 내 방으로 들어왔다.

아침에 눈을 뜨니 머리가 지끈거렸다. 이런 날 학교에 가고 싶지 않다고 하면 엄마는 분명히 그러라고 할 터였다. 학교에 가고 싶지 않지만 집에 있기도 싫었다. 그렇다고 마땅하게 가고 싶은 곳도 떠오르지 않는, 아주 비참한 아침이었다.

느릿느릿 교실 문을 열고 들어가자 열매와 가장 먼저 눈이 마주쳤다. 그쯤에서 '헤헤, 어제는 미안. 내 머리가 어떻게 되었나 봐. 부디 넓은 아량으로 용서하옵소서.'라고 말하면 감정적인 문제는 해결될 것이다. 하지만 머리가 깨질 듯이 아픈데, 하루 종일 어제 일 들먹거리며 괴롭힘 당할 걸 생각하니 입이 떨어지질 않았다. 사람 놀려먹을 때 유독 마음이 잘 맞는 열매와 은빈이, 걸려들었다 싶으면 놓치지 않고 장난치는 건 좋은데, 둘 다 그만두어야 할 지점을 못 찾고 전진만 한다는 게 흠이었다. 그렇다면 현재 내 인내의 정도로 봐서 사태가 더욱 악

화될 수도 있다는 말인데……. 나는 열매 눈길을 피해 가방만 내려놓고 교실을 나왔다.

방학을 며칠 앞둔 운동장은 개점 휴업한 상점처럼 썰렁하기만 했다. 등교가 늦은 아이들도 운동장 가로지르는 일은 애초에 프로그램되지 않은 것처럼 좁은 벽돌 길을 기계적으로 따라 걷고 있었다. 잎이 무성하던 나무는 기억을 더듬어도 아스라하기만 했고, 앙상하게 뼈대만 남은 나무줄기가 처연했다. 스탠드 위로 몰려드는 바람, 어쩌다 휴지 나부랭이만 날려도 몸이 오싹했다. 나는 이 추위에 오들오들 떨면서 왜 여기로 왔는지 스스로 물었다. 답은 간단했다. 귀찮아서. 귀찮아서 휴전협상을 포기한 것이다.

나는 다시 혼자서 급식실을 찾는 신세가 되었다. 생각해 보면 아주 웃긴 일이었다. 누가 먼저 말을 걸기만 하면 전쟁이 종식되고 다시 평화의 시대가 올 거라는 걸 알면서도 내게는 입 떼는 것이 인류 평화를 도모하자는 합의만큼이나 어려웠다. 그렇다고 나를 뺀 세 명이 보란 듯이 어울려 다니는 것도 아니었다. 그냥 같이 다니지 않을 뿐이었다. 그나마 아주 다행인 것은 주말만 지나면 방학이라는 것. 처참하지만 내게 유일한 위안이었다.

"너희들 무슨 일 있니?"

우리 넷이 유일하게 이견 없이 모두 싫어하는 소은이가 나를 찾아왔다.

"아니. 왜?"

"접착제 붙여 놓은 것처럼 몰려다니던 애들이 따로 다니니까 이상해서 그렇지."

"할 일도 없다, 그런 걸 다 신경 쓰고."

나는 소은이 관심이 거슬렸지만 잘못 건드리면 지뢰 뇌관 같은 아이라 말을 가렸다.

"하긴. 너 거기서 나오길 잘했어. 정말 한마디로 설명이 안 되는 조합이었거든, 너희 넷."

엥? 이건 또 무슨 말이지? 궁금해하지 말자, 궁금해하지 말자. 내 앞에 있는 애는 지뢰 뇌관이다. 궁금해하지 말자…….
나는 속으로 주문을 외우고 또 외웠다.

"궁금하지? 아이들이 너희들을 뭐라고 하는지. 은빈이랑 승민이는 우리랑 같이 다니다가 나랑 싸우고 나간 애지, 열매는 너무 주책이라 아무도 끼워 주질 않는 애지, 그나마 네가 가장 표준에 가까운데……."

"소은아, 나 지금 수학 숙제 베껴야 하는데, 너 때문에 계속 같은 곳만 보고 있거든."

"그래, 너는 그래서 또 안 되는 애였어."

소은이가 새쭉한 표정을 지으며 자리에서 일어났다. 소금이라도 있으면 한 바가지 뿌리고 싶었다.

꼭 소은이가 아니더라도 친구들과 두서없는 얘기를 주고받으면서도 종종 나는 구경꾼이 된 듯한 느낌을 받을 때가 있었다. 그건 내 정신이 나한테 보내는 일종의 신호였다. 어느 틈에 유체 이탈처럼 내 몸과 영혼이 분리되어, 나도 제어할 수 없는 엉뚱한 일을 저지르고 말 거라는 경계의 신호 같은 것. 또 한 번 아슬아슬하게 그 위기를 넘긴 셈이었다. 잘했어, 진우령, 하루만 더 참자고!

방학식 날 미처 생각지 못한 일이 벌어졌다. 영채가 우리 집으로 편지를 보낸 것이다. 나는 편지를 만지작거리면서도 쉽게 꺼내 읽지 못했다. 너무 갑작스런 일이라 준비가 필요했다.

한동안 잊고 있었던 영채. 좋은 기억보다 알싸하게 아픈 기억이 더 많았다. 이제 와서 새삼스레 무슨 얘기를 하고 싶은 건지 감이 안 잡혔다.

"뭐 하니? 안 가? 나 배고파서 먼저 간다!"

엄마가 방문을 두드리며 말했다. 나는 꺼내 읽지 않은 편지를 봉투째 접어서 호주머니에 넣고 일어났다.

진경 언니 송별회를 겸한 저녁을 먹기로 한 날이었다. 나는 진경 언니 얼굴도 보고 싶지 않았지만, 내일 떠나면 언제 볼지 모르고, 또 아줌마가 내게 긴히 할 얘기가 있다고 해서 어쩔 수 없이 저녁까지 먹어야 했다. 다들 비위가 좋은 건지, 이중인격의 소유자들인 건지, 나만 빼고 그럭저럭 즐거운 얘기가 오갔다. 아줌마도 체념했는지, 언니한테 잔소리하는 걸로 서운한 마음을 달래는 듯 보였다.

저녁을 먹고 엄마는 할 일이 있다고 먼저 집으로 가고, 언니가 설거지하는 틈에 아줌마가 나만 살짝 방으로 불렀다.

"어려운 부탁인데, 우령아! 내일 진경이 따라 그 절에 좀 다녀와 줄래?"

"네? 제가요?"

생각지도 않은 부탁에 나는 적잖이 당황했다.

"사실 내가 가야 하는 게 맞는데, 저 물건이 절대로 나랑 같이 안 가겠다네. 깊은 산 속은 아니라지만 여기보다야 추울 텐데, 이것저것 준비하려고 해도 다 필요 없다고만 하고 말이야. 네가 간다고 하면 진경이도 싫다고는 안 할 거야. 갔다가 혼자 돌아와야 할 너를 생각하면 정말 미안한데, 나한테 다른 방법이 없어서 그래. 네가 지낸다면, 뭐가 불편할지, 거기에 사무실 전화 같은 거는 있는지, 우체국은 멀지 않은지 정도만 좀 알아다 줄래?"

아줌마가 끝내 손수건으로 눈물을 찍어 내며 말했다. 진짜 엄마 같은 아줌마 마음이 내게 전해져 코끝이 찡했다.

단언하건대 엄마나 진경 언니가 먼저 제안했다면 듣는 즉시 비웃으며 거절했을 것이다. 며칠 사이에 수척해진 얼굴과 짱짱하던 음색이 사라지고 체념 섞인 말투로 내게 어렵게 부탁하는 아줌마의 간절한 태도 때문이었다…… 라고 말하고 싶지만, 사실 나도 어디든 가고 싶었다.

"다녀올게요. 걱정하지 마세요, 아줌마."

아줌마는 고맙다는 말도 못하고 계속해서 눈물만 찍어 냈다.

다음 날 나는 아줌마와 한 약속을 지키지 못했다. 일부러 그런 건 아니었다. 언니를 따라 버스에 오르고서야 강릉행이라는 팻말을 뒤늦게 발견한 영민하지 못한 내 눈치 때문이었다.

"왜 강릉행 버스를 탄 거야?"

가시지 않은 서먹함, 뭔가 잘못됐다는 당황스러움, 그러면서도 내색하지 않으려는 어색함이 뒤섞여 내 목소리는 내가 들어도 낯설었다.

"경포대에 들렀다 가도 돼. 거기서 바로 가는 버스도 있어."

"난데없이 경포대는 왜?"

"그냥 가고 싶어서……. 너도 가고 싶을 것 같아서."

"뺨 때리고 어르기는……."

그 날 전화 사건을 언니가 기억하고 있다는 사실에 약간 감동했으나, 그 정도에 흐물흐물 어물어물 뭉개질 자존심은 아니었다. 오늘 아침, 열쇠로 내 속을 또 한 번 긁은 엄마를 떠올리니 내가 취해야 할 태도가 더욱 명확해졌다.

"진경이네 집 열쇠야. 당분간 아줌마 혼자 두면 안 될 것 같아서 두 집을 한 집처럼 이용하기로 했어. 너도 하나 갖고 있으라고."

엄마가 열쇠를 식탁 위에 올려놓으며 말했다.

"두 집을 한 집처럼이라니 무슨 말이야?"

목도리를 두르다 말고 내가 물었다.

"뭘 그렇게 놀라? 지금까지 가족처럼 지낸 두 집이 열쇠까지 공유한다는 뜻이지."

"아줌마나 언니가 그러자고 했어?"

"당황하긴 했지만, 내 뜻이 워낙 훌륭해야지……. 반대할 이유가 없잖아?"

"그런데 왜 나한테는 하필 지금 얘기하는 건데?"

"놀라게 해 주려고 그랬지. 어때, 기막힌 생각 아니니?"

난 엄마의 즉흥적인 발상이 지겹고 끔찍했다.

"진짜 기막혀! 제발…… 엄마 혼자 생각하고 혼자 결정 좀 하지 마!"

나는 식탁 위의 열쇠는 거들떠보지도 않고 집을 나왔다.

그 때까지 새시를 달지 못한 우리 층 복도는 시베리아 바람이 몰아쳤다. 언제부터 서 있었는지, 진경 언니가 무표정하게 아파트 앞뜰을 내려다보고 있었다.

"아줌마한테 인사 좀 하고 나올게."

나는 언니가 들어갈 수 있을 만큼만 비켜섰다. 언니가 들어가고 굳게 닫힌 우리 집 현관문, 퉁퉁 부은 얼굴을 내밀지도 못해 아줌마가 반쯤 열어 놓은 언니네 집 현관문……. 나도 언니가 그런 것처럼 아파트 앞뜰만 내려다보았다.

버스 차창 밖으로 풍경들이 비켜 갔다. 산이 다가왔다 멀어지고 냇물을 따라가다 보면 어느새 사라졌다. 허허로운 논밭과 그 뒤의 작은 마을들을 지나쳤으며 앞을 가로막은 산 가운데 뚫린 굴을 지나갔다.

나는 호주머니에서 영채 편지를 꺼내 읽었다.

이런 거 처음 써 봐서 엄청 어색하네. 잘 지내지? 담임하고 마지막 면담하던 날, 네 주소 슬쩍 베껴 뒀어. 매일매일이라고 하면 거짓말이고, 가끔씩 네 생각이 나더라. 네가 궁금해할지 어떨지 모르지만, 난 그냥 지낼 만해. 반 감금 상태이긴 하지만. 태어나서 처음으로 우리 식구들한테 관심받고 있다고나 할까? 인터넷도 끊고 휴대전화도 정지해서 세상과 단절된 것처럼 살고 있지.

그 일이 있고 우리 집에서 아무도 그 얘기를 꺼낸 사람이 없어. 나한테 왜 그랬냐고 묻지도 않고, 나 때문에 창피해서 얼굴을 들고 다닐 수 없다고 원망도 하지 않아. 다른 집에서 그러듯이 어떻게 너 같은 딸이 태어났는지 모르겠다고 울며불며 등짝을 갈기고 화를 내는 법도 없지. 그냥 그런 일은 애초부터 없었던 듯 식구들은 아침에 일어나면 내 기분을 묻고, 필요한 건 없는지, 뭘 먹고 싶은지만 알고 싶어해. 그럴 때마다 난 내가 집에서 기르는 강아지 같다는 생각이 들어.

'너한테는 기대하는 거 아무것도 없으니, 그저 귀염만 떨고 사고만 치지 마라.'

네가 언젠가 열매한테 내가 힘들 것 같다고 말하는 걸 들은 적이 있어. 맞아. 수재 언니들과 지적인 부모님 사이에서 난 항상 뿌리 없이 떠다녔지. 아무도 모를 거라고 생각했는데 넌 알아차리더라고. 아마 그 이유일 거야, 너한테 기어이 편지하게 된 건.

자기 가족을 선택하고 태어나는 사람은 없지? 아마 난 우리 가족 사이에서 지금처럼 계속 지내게 되겠지. 은란여중에서 있었던 일, 내가 잘못한 일, 점차 떠올리지 않게 될 거고.

그냥 너도 잊어 주면 좋겠어. 그 일과 관계된 모든 것, 심지어 나까지도 말이야. 잘 지내고, 열매한테도 안부 전해 줘. 그 땐 미안했다고. 안녕.

영채가.

"다 왔어. 내리자, 우령아."

언니가 주섬주섬 짐을 챙기며 말했다.

경포대. 아직 눈앞에 바다가 보이지 않는데도 짠내가 느껴졌다. 포장길이 끝나고 모래밭이 시작되면서 내 걸음이 비척이기도 했지만 바다를 보자 나는 성큼성큼, 아니 펄쩍펄쩍 뛰어갔다.

내가 가까이 가는 것을 막기라도 할 것처럼 바람이 바다에서 세차게 불어왔다. 그 바람과 함께 파도가 바다 멀리서부터 밀려왔다. 바람과 바다 냄새, 그리고 파도 소리까지 더해져 내 모든 감각이 활짝 열리는 느낌이었다. 희뿌연 하늘과 닿아 있는 수평선을 따라 한가롭게 배가 지나갔다.

"이래서 사람들이 겨울 바다를 찾는구나."

어느새 내 곁에 온 언니가 바다를 보며 말했다.

"언니도 겨울 바다는 처음 본 거야?"

"올 기회가 어디 있었나, 뭐. 엄마는 늘 바빴고, 여름에도 바다에 와 본 기억은 아득한걸. 너 아니었으면 겨울 바다는 꿈도 못 꾸었을 거야. 어쩐지 바다는, 늘 꿈속에서만 존재하는 곳 같잖아. 와, 시원하다!"

언니가 두 팔을 벌리고 바람을 가슴 가득 맞았다. 나도 그 옆에서 언니를 따라 해 보았다.

우린 겨울 바다를 보러 온 연인들처럼 바닷가를 거닐었다. 바람 맞은 귀가 떨어져 나갈 것처럼 시리고 코가 빨갛게 되도록 걸어도 질리지 않았다. 한동안 언니를 못 본다 해도 당분간 경포대 하면 진경 언니가 떠오를 것 같았다.

"우령아, 이거……."

언니가 내민 건 아침에 엄마가 식탁 위에 올려놓던 열쇠였다.

"아침에 아줌마가 이거 때문에 너 화났다고 그러시더라. 사실 내가 직접 주려고 했는데……."

나는 언니 손바닥 위에 놓인 열쇠를 받지도 거절하지도 못한 채 바라보고만 있었다.

"아줌마 말처럼 거창하게 우리 두 집 한 가족 되기 프로젝트의 일환으로 이 열쇠를 주는 건 아냐. 그냥 나 없는 동안 내 방을 마음대로 이용해도 좋다는 선물 정도로 생각해. 우령이 네가 이번 일로 많이 서운한 거 알아. 사실 나한테는 어려운 결정이었거든. 난 엄마를 생각하면 늘 미안하고 화가 났어. 아버지와 헤어진 뒤부터 나만 바라보고 있는 엄마가 솔직히 부담스러웠지. 학교를 그만둘 때는 다른 생각 없었어. 우리 형편에 무슨 대학이냐고. 엄마는 내가 가겠다고만 하면 어떻게 해서든지 등록금을 마련해 주시겠지. 하지만 내가 하고 싶은 공부는 졸업하고 취직해서 돈 벌 수 있는 게 아니거든. 떠밀려서 가느니 차라리 쉬어 가는 게 옳다고 생각했어. 그런데 그 때 아줌마가 만나자고 하더라. 학교를 그만둔 내 행동이 얼마나 이기적이었는지 야단도 많이 치셨지. 엄마를 위해서 그런 게 아니라 엄마 기대를 끊고 싶어서 그런 게 아니냐고 말이야. 그 땐 억울했는데 생각해 보니 아줌마 말이 맞아. 겉으로는 등록금 핑계를 댔지만 난 엄마가 기대하는 게 싫었던 거야. 그 뒤로 아줌마가 가끔씩 불러내서 해 준 얘기가 큰 위로가 되었지. 가족이 뭐 그리 대단하냐, 너한테는 엄마 아빠라는 존재보다 그 역할을 해 줄 사람이 더 필요한 거 아니냐, 엄마가 힘들면 아줌마가 도와줄 거고, 우령이도 동생이나 다름없는데 망설이지 말라고. 아줌마 덕분에 난 마음을 결정할 수 있었고, 그 첫걸음이 이거야. 우령아, 난 미안해서 너한테 엄마를 부탁한다는 말 같은 건 못하겠어. 다만 나 대신 적당히 속 썩이고 적당히 기운 빼서 우리 엄마가 늙을 새도 없게……."

언니는 목이 메는지 말을 끊고 바다를 바라보았다.

"어쩐지 공짜로 겨울 바다 구경시켜 주는 게 수상하다고 했지. 알았어, 나더러 효도하라고 하면 절대로 불가능한 일이라고 화를 내겠지만 적당히 속 썩이는 거야 내 전문이니까. 쳇,

그러니까 결국 우리 엄마는 재활용 가족 만들기 프로젝트를 위해서 싫다는데도 주말마다 우리를 그렇게 고문한 거였구나."

거의 고수 수준에 이른 내 농담에 언니가 눈물이 그렁그렁한 채 웃었다.

이쯤에서 고백하자면, 언니와 바닷가를 오가면서 나는 내가 화났다는 것조차 잊어버렸다. 겨울 바다에 마음을 빼앗겨 당분간 언니를 못 본다는 섭섭함도 잊고 온통 들떠 있었던 것이다. 열매 말처럼 단순함이 내 막강 무기인지도 모른다.

우린 이른 저녁을 먹고 시외버스 터미널에 가기로 했다. 즐비하게 늘어선 횟집 사이를 황망하게 방황하다 겨우 편의점을 찾았을 때의 반가움이란……. 컵라면을 들고 빈 자리를 찾는데 낯익은 등짝이 내 눈에 띄었다.

"신열매!"

"우령아! 아, 살았다!"

열매는 나를 보자마자 용수철처럼 튀어서 내게로 달려들었다.

"여기는 어쩐 일이야?"

"오늘이 원래 경포대 오기로 한 날이잖아. 무작정 고속버스를 탔지. 혹시 여기에서 널 만난다면 아직 우리가 헤어질 때가 아닌 거라고 운명을 시험해 보는 심정으로……."

우연하게 열매를 만난 게 믿어지지 않을 정도로 반가우면서도 나는 의심의 눈길을 거두지 않았다.

"언니야? 엄마야? 어디서 정보를 입수한 거야! 빨리 불어!"

"억울하다, 진우령. 내 우정을 의심하는 거니?"

"당연하지. 출처가 어딘지 분명하게 밝히지 않으면 나 그냥 간다."

진경 언니는 우리 둘이 옥신각신하는 게 재미있는지 컵라면을 먹다 말고 깔깔거리며 웃어 댔다.

"너희 집에 전화했더니 진경 언니 따라 절에 갔다면서 언니 번호를 가르쳐 주더라고. 그런데 진경 언니 진짜 치사해. 내 문자에 달랑 경포대라는 답 문자 하나만 보내고는 휴대전화 꺼 놓은 거 있지. 널 깜짝 놀라게 해 주려고 아침부터 서둘렀는데, 지금까지 바다도 제대로 못 보고 너만 찾으러 다녔어, 이것아!"

열매가 울상을 지으며 말했다.

그럼 그렇지, 그래야 말이 되지. 열매가 고생을 했거나 말았거나 설득력 있는 얘기를 들으니 그제야 마음이 좀 놓였다.

우리 셋은 팅팅 불어터진 라면을 먹고 편의점을 나왔다.

"우령아, 더 늦기 전에 난 버스 타야 해. 여기서부터는 나 혼자 갈 테니까 넌 열매랑 같이 돌아가."

그제야 내 임무를 잊고 있었다는 사실이 떠올랐다.

"아줌마한테는 뭐라고 하고……."

"뭐라고 하긴, 아까 한 얘기 어디로 들었냐? 적당히 속 썩이고 혼나겠다고 네 입으로 말하지 않았어?"

언니가 내 어깨를 두드리며 말했다.

"언니가 이해하세요. 얘가 그렇게 빠릿빠릿했으면 진우령이 아니라 신열매예요!"

원기를 회복한 열매가 또 나섰다.

덕분에 언니도 좀 편해졌는지 표정이 훨씬 가벼워 보였다. 나 역시 열매 덕분에 눈물 콧물 짜는 이별 의식 없이 언니를 배웅할 수 있었다.

언니를 태운 버스가 우리가 온 곳과 다른 어딘가를 향해 내 시야에서 사라졌다. 이렇게 떠나보내는 게 잘한 일일까?

"우령, 어두워지기 전에 바다에 왔다는 증명사진부터 찍자. 추워서 더는 못 있겠다."

열매가 오들오들 떨며 말했다.

"그러게 따뜻한 집에서 텔레비전이나 보고 있을 것이지, 왜 사서 고생을 하냐?"

"참 내, 내가 이런 액션이라도 취하지 않았으면 네 주변머리로는 평생 혼자 지낼 거 아냐! 내가 잘 알지, 별것도 없으면서 '따'는 연합하지 않는다는 명제가 진우령 인생의 신조라는 거!"

비록 상위권을 거부하는 성적에, 160센티미터의 키와 에스라인의 몸매가 영원한 로망으로 남을지 모를 우리지만, 지금 이 순간만큼은 둘이 함께 있을 수 있어서 어떤 것도 아쉽지 않았다.

"바다여! 신열매와 진우령이 왔다 간다! 바라는 게 있다면 다음번에 이 바닷가에 다시 설 때는 덜 떨어진 애 대신 꼭 키크고 잘생기고 매너 좋고 남들이 다 부러워하는 남자 친구와 함께하기를…….”

“나도 이하 동문이다!”

우리는 서로 질세라 목이 쉬도록 소리를 질렀다.

“자! 우렁각시, 자리 좀 잡아 봐. 제대로 증명사진 찍어서 서울에 있는 불쌍한 어린양 은빈이랑 승민이한테 보내야 한단 말이야. 그것들이 이 사진을 보면 얼마나 약이 오를까. 아니, 바다 잘 잡히게 조금 더 뒤로 가 봐!”

우리는 뺨을 맞대고 브이 자를 그려 보이며 가장 얄미운 표정으로 사진을 찍었다.

“어, 또 사진이 안 찍혔다!”

열매가 휴대전화를 만지작거리며 말했다.

“제발 형편 풀리는 대로 그 고물부터 좀 바꿔라.”

“기다려 봐. 빠른 시간 내에 품질 멀쩡한 걸로 새로 장만할 거니까.”

열매가 내 휴대전화를 가져가 다시 폼을 잡으며 말했다.

“아줌마가 사 주신대? 언제?”

“그걸 엄마가 사 주냐? 우편으로 올 성적표가 사 주는 거지. 다음 주 월요일에는 결판이 날 거야.”

찰칵 소리와 함께 우리는 휴대전화를 보며 활짝 웃었다.

“그나마 그 고물을 압수당할 수도 있는 거네?”

"경우에 따라서 그런 비극적인 결말도 무시할 수 없지."

하여튼 말로는 열매를 당해 낼 재간이 없다.

나는 은빈이와 승민이에게 사진을 전송했다. 2분 안에 분노에 찬 그녀들의 음색이 우리 둘을 유쾌하게 할 게 틀림없었다.

어둠이 내리는 겨울 바다, 내 기억 저장소 어딘가에 선명하게 자리 잡을 장면이었다.

진경 언니가 사는 건 늘 선택이라고 말했다. 두 가지를 동시에 취할 수 없기 때문에 선택해야 하는 그 정점에서 망설이는 건 당연한 거라고. 하지만 그 뒤에 선택하지 않은 다른 것에 미련을 두는 것만큼 어리석은 일은 없다고 했다. 어차피 한 가지를 선택하는 순간 다른 한 가지는 존재하지 않는 것이 되어 버린다는 것이다.

참, 이상한 일이었다. 그 때는 하나도 알아듣지 못하던 말들이 언니가 떠나고서야 비로소 내 귀에 하나씩 꽂히기 시작하니 말이다.

은란여중 교복을 입고 교문을 들어서던 그 날부터 내가 선택하고 또 선택하지 않아 존재하지 않게 된 일들 사이사이에는 나와 같은 고민을 하며 지냈을 얼굴들이 자리 잡고 있었다. 말 많고 탈 많았던 영채는 은란여중을 지우고 새롭게 시작할 수 있을까? 서로 다른 언어로 얘기하던 혜린이는 진정으로 통하는 친구를 만나게 될까? 한 톨도 예쁜 구석이 없는 소은이는 언제쯤 외롭다는 느낌을 알게 될는지……. 열매 얘기만 나오면 아직 약간 서먹한 재준이와 치고받고 싸우는 날이 다시 올까? 은빈이와 승민이, 그리고 내가 떠나보낸 첫사랑 서윤빈 선생님……. 심지어 진경 언니와 아줌마, 엄마마저도 어설프고 서툰 내 열네 살의 하루하루를 의미 있게 해 준 사람들이었다. 그리고 빼놓을 수 없는 내 영혼의 단짝 쉰열매까지도.

나는 은빈이와 승민이한테 보낸 사진을 내 휴대전화에 저장된 모든 번호의 사람들에게 보냈다. 각기 다른 자리에서 다른 시간을 보내고 있겠지만 잠시 동안만이라도 함께하고 싶은 내 마음이 전해지길…….

"지하철 끊기기 전에 도착해야 하는데……. 터미널 전화번호부터 알아봐야겠다. 114에 물어볼 테니까 넌 부르는 대로 받아 적어."

열매가 꽁꽁 언 손으로 전화를 걸었다. 통화 연결음이 끝나자마자 우리에게 아주 익숙한 대사가 흘러나왔다.

"사랑합니다, 고객님. 뭘 도와 드릴까요?"

"저기요, 그쪽에서 절 본 적도 없으면서 뭘……."

내 영혼의 단짝 쉰열매가 또 흥분하기 시작했다.

어두워지는 겨울 바다 위로 눈발이 막 날리기 시작했다. 열매의 카랑카랑한 목소리와 키득거리는 내 웃음소리도 눈발에 섞여 같이 날아다녔다.

단어장

2008년 6월 27일 1판 1쇄
2017년 11월 6일 1판 9쇄

지은이 최나미

편집 김태희, 박찬석, 조소정 | **디자인** 이혜연
제작 박흥기 | **마케팅** 이병규, 양현범, 박은희

출력 블루엔 | **인쇄** 코리아피앤피 | **제책** 정문바인텍

펴낸이 강맑실
펴낸곳 (주)사계절출판사 | **등록** 제406-2003-034호
주소 (우)10881 경기도 파주시 회동길 252
전화 031) 955-8588, 8558 | **전송** 마케팅부 031) 955-8595 편집부 031) 955-8596
홈페이지 www.sakyejul.co.kr | **전자우편** skj@sakyejul.co.kr
블로그 skjmail.blog.me | **페이스북** facebook.com/sakyejul | **트위터** twitter.com/sakyejul

ISBN 978-89-5828-300-3 44810
ISBN 978-89-5828-473-4 (세트)

이 도서의 국립중앙도서관 출판시도서목록(CIP)은 e-CIP 홈페이지(http://www.nl.go.kr/cip.php)에서
이용하실 수 있습니다.(CIP제어번호: CIP2008001821)